ALICE
GABATHULER

Mittel
streifen
blues

ALICE
GABATHULER

Mittel streifen blues

Geparden
Verlag

Autorin und Verlag danken für die Unterstützung:
Südkultur

Alice Gabathuler
Mittelstreifenblues
Jugendroman

Lektorat: Anne Wieser
Gestaltung und Satz: Nadja Zela
Umschlaggestaltung unter Verwendung eines Fotos
von Miklós Klaus Rózsa

www.gepardenverlag.ch

Druck und Bindung: Pustet, Regensburg
Printed in Germany

ISBN 978-3-907406-10-6

1. Auflage 2024

Für Jonny und Josia

Jelscha geht

»Ich gehe«, sagt sie.

Ich stehe auf der Schwelle zwischen Tür und Angel und suche nach Worten.

»Sag was.«

»Ja.« Das einzige Wort, das ich finde.

Jetzt sagt sie nichts.

»Es ist gut«, quetsche ich aus mir raus. Natürlich ist es nicht gut. Was soll daran gut sein, wenn der Mensch, mit dem du fast dein ganzes Leben geteilt hast, weggeht? Nicht einfach mal so. Einkaufen. Oder Freunde besuchen. Oder für zwei Wochen verreisen. Sondern vielleicht für immer. Bevor alles gesagt ist.

Ihr Mund verzieht sich zu einem schiefen Grinsen. »Gut?«

»Es ist richtig.« Auch wenn meine Stimme quietscht und wackelt und mein Herz gleich explodieren wird.

»Ist es«, sagt sie.

Aber es tut weh, denke ich. *So verdammt weh.*

»Aber es tut weh«, sagt sie.

So ist es immer. Sie kann meine Gedanken lesen.

»Elia, wer ist da?«, ruft Mumma aus der Gaststube. Als ob sie nicht längst zum Fenster rausgeschaut hätte, als ob sie nicht wüsste, wer da mit mir zusammen unter der Tür steht.

»Niemand!«, rufe ich zurück.

»Wirst du uns besuchen?«, fragt Jelscha.

Uns.

Ich höre auf zu atmen, lehne mich gegen den Türrahmen und drücke meine Fingernägel tief in meine Handballen.

»Jonny und mich«, schiebt sie nach.

Ich verstehe gar nichts mehr, aber weil ich etwas sagen muss, sage ich: »Ja.« Die zwei Buchstaben schmirgeln über meine Lippen. Und weil ich gleichzeitig mit dem Sprechen wieder zu atmen beginne, klinge ich wie eine kaputte Orgelpfeife.

»Was hast du denn gedacht?«, fragt Jelscha.

Mir wird noch heißer, als mir schon ist.

Sie öffnet ihre Tasche, dieses bunte Ding mit Knöpfen, Perlen, Badges und aufgemalten Zitaten. Greift hinein und zieht ein Buch heraus, das fast so bunt ist wie ihre Tasche. *Songs für Elia* steht auf einem Stück Stoff, das auf dem Deckel klebt.

»Für dich.« Sie gibt mir das Buch. Ernst, beinahe feierlich.

Dann geht sie. So wie immer. Ohne sich umzudrehen, aber mit erhobenem rechtem Arm, mit dem sie mir zuwinkt. Als wäre alles normal, als sähen wir uns spätestens morgen wieder. Ich renne ihr nach und umarme sie. »Alles Gute«, flüstere ich.

»Dir auch.«

Ich schaue ihr nach, auch als ich sie längst nicht mehr sehen kann.

»War das Jelscha?«, fragt Mumma in meinem Rücken.

Ich will nicht antworten, will nichts erklären. Aber es ist auch so kompliziert genug zwischen uns. Also nehme ich mich zusammen und greife auf meinen gerade etwas beschränkten Wortschatz zurück: »Ja.«

Dann gehe ich in mein Zimmer hoch.

Ich lege mich aufs Bett und starre an die Decke. An diese billige gelbliche Täfelung, die mich nicht vergessen lässt, wer ich bin. Jelschas Buch liegt auf meinem Bauch. Ich fahre mit dem Daumen über den Stoff, streiche mit der Hand über den Deckel, presse es an mich.

Jonny und mich.

Unmöglich. Jonny geht hier nicht weg. Keine Chance. Jonny und dieses Tal, das gehört zusammen. Aber das dachte ich von Jelscha und diesem Tal auch. Es war doch immer klar, dass ich mal weggehen und dass sie bleiben würde.

Nachdem ich sehr lange auf dem Bett gelegen habe, stehe ich auf und schließe das Buch in meiner schwarzen Blechkassette ein, die ich mir gekauft hatte, als ich merkte, dass Mumma mein Zimmer gründlicher durchsucht als die Polizei. Es gibt Dinge, die Mütter nichts angehen. Es gibt Dinge im Leben, die niemanden etwas angehen.

Mein Leben ist gerade so leer, dass ich Angst habe, darin verloren zu gehen. Und dann sirrt mitten in diese Leere wie ein verirrtes Glühwürmchen ein Gedanke. *Du musst zur Brücke.*

Der Gedanke ist völlig verrückt, doch gleichzeitig scheint er mir so logisch, dass ich sofort loslaufe. Nur bei der Brücke kann ich die Antworten finden, vor denen ich mich so sehr fürchte, aber wenn Jelscha den Mut hat, zu gehen, dann muss ich den Mut haben, mich diesen Antworten zu stellen.

Ronda

Ich wohne in Ronda. Mein ganzes Leben schon, also fünfzehn Jahre und zehn Monate. Ronda liegt am Ende eines langen, engen Tals. Ganz hinten weitet sich das Tal zu einer Ebene. Auf dieser Ebene steht eine Ansammlung von Häusern, dicht aneinandergerückt, eingekesselt von Bergen, geteilt durch einen Fluss, Geld und einen Streit.

Die Berge und der Fluss waren von Anfang an da. Es gibt Leute, die sagen, der Streit kam mit dem Spekulanten, doch das stimmt nicht. Der Streit war schon vorher da. Nur hat man ihn nicht offen ausgetragen, weil man in einem Ort wie Ronda auf die Gemeinschaft angewiesen ist. Aber es gab bei uns immer solche, die mehr hatten und mehr zählten als andere. Es gibt jene, die ihr Land teuer verkaufen konnten, und andere, deren Land kaum etwas wert ist. Es gibt jene, die alles genauso machen, wie man es immer gemacht hat, und es gibt andere, die neue Wege gehen wollen. Es gibt den Neid, und es gibt unterschiedliche Ansichten darüber, was gut ist für Ronda.

So was ist wohl ziemlich normal, nicht nur bei uns. Was es in Ronda besonders schwierig macht: Vom nächsten Ort trennt uns eine halbe Stunde Fahrt mit dem Auto durch eine raue, wilde Natur, zwischen steilen, schroffen

Bergen, auf einer Straße, die bei Unwettern überschwemmt und im Winter wegen Lawinengefahr immer mal wieder gesperrt wird. Wir sind also gezwungenermaßen unter uns. Und ein paar Touristen.

Zwischen den Häusern, in denen wir leben, stehen viele Häuser, in denen fast nie jemand wohnt. Zweitwohnungen mit geschlossenen Fensterläden. Häuser ohne Seelen, zugesperrte Lücken, die sich nur bei schönem Wetter und in den Ferien öffnen. Dann ziehen für ein paar Tage Menschen ein, die uns erzählen, wie wunderbar entspannend und erholsam das Leben bei uns sei, wie gesund die Luft. Aber ihr richtiges Leben, das ist anderswo. Da kann man gut reden.

Sonntags gehen die Leute aus Ronda in die Kirche. Früher saßen auf der einen Seite die Frauen, auf der anderen Seite die Männer. Heute sitzen auf der einen Seite die Gewinner, auf der anderen die Verlierer. Sie beten zum gleichen Gott. Manchmal stelle ich mir vor, wie er auf seiner Wolke hockt und sich das belustigt ansieht, als wäre es eine billige Reality-Show. Wenn es ihm zu bunt wird, schickt er ein heftiges Gewitter über die Berge. Oder einen Schneesturm. Samt dazugehörigen Geräuschen, die dröhnen wie der Soundtrack zum Weltuntergang. Die Menschen hier halten das für ein Zeichen. Eines, das jeder so für sich auslegt, wie es in die Geschichte seines Lebens passt. Und wenn es nicht passen will, dann wird es zurechtgebogen.

Meine Familie sitzt übrigens bei den Gewinnern. Obwohl alle wissen, dass wir verloren haben, sogar Mumma. Doch sie wahrt den Schein. Jeden Sonntag sitzt sie aufrecht in ihrer Bank, hält den Kopf hoch und reckt das Kinn nach vorn. An Sonntagen, an denen sich besonders viele Gäste hier aufhalten und unser Hotel trotzdem fast leer ist, ragt Mummas Kinn noch weiter vor als sonst. Spitz und stur.

So will ich nicht werden. Ich habe mir und den anderen lange genug etwas vorgespielt. Deshalb bin ich unterwegs zur Brücke, wo ich bleiben werde, bis ich den Mut finde, mich aus meinen Ängsten zu schälen. Das könnte dauern. So lange, dass ich vielleicht den Mut verliere, bevor ich ihn finden kann. Also kehre ich um und renne den ganzen Weg zurück. In meinem Zimmer öffne ich die Box.

Ich greife mir mein Buch, das Buch, das Jelscha für mich gemacht hat. Dann renne ich wieder.

Auf der Bank bei der Brücke hat es Platz für drei Leute. Vier, wenn man ein wenig zusammenrückt. Fünf, wenn es denn sein muss. Manchmal sitzen Touristen auf der Bank.

Heute nicht. Heute sitzt keiner da. Niemand nimmt mir die Antworten ab. Ich muss sie selbst finden. Auch wenn ich sie tief in mir drin längst kenne.

Ich setze mich hin. Nicht in die Mitte, sondern etwas weiter außen. Damit es Platz hat. Falls da jemand kommen sollte.

Der Fluss rauscht.

Mein Herz rast.

Ich lege das Buch auf meine Oberschenkel.

Songs für Elia.

Ich öffne es.

Da steht ein Datum.

Erst denke ich, es ist von heute.

Aber es ist von heute vor genau einem Jahr.

Song für Elia – meinen besten Freund

Wie kann man wissen
Was man verloren hat
Wenn man es nie gekannt hat
Wie kann man wissen
Was man gefunden hat
Wenn man es noch nicht kennt

Erinnerst du dich
Die Schaukel auf dem Schulhof
Der Himmel voller Sterne
Ein Anfang
Der ein Ende ist
Oder ist es umgekehrt
Ein Ende
Das ein Anfang ist

Du warst immer da
Dich musste ich nicht finden
Dich werde ich nie verlieren

Du bist
Mein Freund
Immer

Freunde

Als Jelscha und ich Freunde wurden, wusste ich noch nicht, dass die Leute im Dorf sie als seltsam bezeichneten. Weil so eine nicht normal sein konnte. Eine, die keine Mutter hatte. Auch keinen Vater. Zumindest keinen, der ihr zugeordnet werden konnte.

Jelschas Familie waren ihre Großeltern. Und ihr Onkel Jonny. Seinen richtigen Namen kennen nur noch die Alteingesessenen im Dorf. Die Stursten unter ihnen, jene, die alles bewahren und nie etwas ändern wollen, nennen Jonny immer noch Fritz. Aus Prinzip. Aber wie gesagt: All das wusste ich nicht, als Jelscha und ich Freunde wurden.

Ich war drei, und meine acht Jahre ältere Schwester Ladina musste auf mich aufpassen. Nirgendwo ging das an einem Samstagnachmittag besser als auf dem Schulhof. Beim Sandkasten und der Schaukel.

Ich saß im Sand, Jelscha auf der Schaukel. Der einzige andere Mensch, der da war, hatte lange Haare wie ein Mädchen und ein Gesicht wie ein Mann. Kleider, wie er sie trug, hatte ich noch nie gesehen. Schwarze Hosen, nicht aus Stoff, sondern aus etwas, das viel dicker und härter aussah. Eine blaue Jacke mit ganz vielen silbernen

Dingern drauf. Keine Nägel, aber auch keine Knöpfe. Und gezeichnete Gesichter und Wörter. Nicht nur auf der Jacke. Auch auf der Haut, die unter den hochgekrempelten Ärmeln herausschaute. Vielleicht war er böse. Aber vielleicht auch nicht. Denn er lächelte.

»Jonny«, rief das Mädchen. »Schau!«

In der Zeit, in der ich den Mann angestarrt hatte, hatte sie sich hochgezogen und stand auf der Schaukel. Sie hatte es sogar geschafft, die Schaukel zum Schwingen zu bringen, etwas, das mir bis dahin noch nicht wirklich gelungen war.

»Cool«, meinte der Mann, der Jonny hieß.

»Nein!«, rief Ladina. »Das ist gefährlich. Sie könnte runterfallen!«

Ich schaute meine Schwester erschrocken an. Wie konnte sie es wagen, so mit einem Mann zu sprechen, der vielleicht gefährlich war?

»Jelscha hat das im Griff«, sagte der Mann ruhig.

Ladina rollte mit den Augen und zerrte mich aus dem Sandkasten. »Du spinnst ja«, fauchte sie.

Der Mann lachte.

Ich presste mich eng an Ladina und umklammerte ihre Beine mit beiden Armen.

Das Mädchen auf der Schaukel jauchzte.

Ladina riss mich hinter sich her, weg vom Sandkasten, weg von der Schaukel, weg vom Spielplatz.

Ich weinte. Weil Ladina meine Hand viel zu stark drückte. Und weil ich nicht von diesem Mädchen wegwollte. Ich glaube, ich habe Jelscha vom ersten Moment an geliebt.

Vor genau einem Jahr und einem Tag lagen wir spätabends im Gras zwischen der Schaukel und dem Sandkasten und schauten in den Himmel. Hinter uns lag der letzte Schultag des Jahres, vor uns ein langer Sommer.

»Ist das nicht wunderschön?«, fragte Jelscha. »Ich werde hier nie weggehen, Elia.«

»Ich schon«, antwortete ich. »Genau morgen in einem Jahr.«

Dann war meine Schulzeit um.

Dann begann meine Freiheit.

Draußen, außerhalb der Enge dieses Tals, weit weg von gelblich gefärbten Täfelungen, den unerfüllbaren Erwartungen meiner Mutter und der Resignation in den Augen meines Vaters. Ich würde eine Lehre machen, eine mit Berufsmatura, die man hier im Tal nicht machen konnte. Und vor allem nicht die, die meine Mutter für mich schon geplant hatte.

»Lass uns schaukeln«, schlug Jelscha vor.

Im Laufe der Jahre war zur ersten eine zweite Schaukel dazugekommen. Wir stiegen gemeinsam höher und höher. Und dann, als hätten wir uns abgesprochen, stießen wir uns ab, flogen durch die Luft und landeten auf den Füßen.

Sie muss ihren Song an diesem Tag geschrieben haben. Den Song für mich.

»Und du wirst immer meine Freundin sein, Jelscha«, flüstere ich.

Mittelstreifenblues

KEIN SONG, EHER SO WAS WIE EIN GEDICHT,
ABER AUCH NICHT GANZ

Fünfundzwanzig.
So viele Striche
hat der Mittelstreifen in Ronda.
Sie beginnen an der 50-er Tafel
beim Ortseingang
und hören bei der Post auf.
Ich breite meine Arme aus und
setze meinen linken Fuß
auf den ersten Streifen.
Dann den rechten.
Neben mir rauscht der Fluss,
über mir sind die Sterne,
die hier am Ende der Welt
besonders hell leuchten.
Damit wir nicht verloren gehen.
Meine Mutter ging trotzdem verloren.

Ich habe lange darüber nachgedacht,
wie das möglich ist.
Es gibt nur eine Antwort.
Meine Mutter wollte verloren gehen.
Gegen so was kommen selbst
die hellsten Sterne nicht an.
Die Leute sagen, ich sei wie sie.
Onkel Jonny sagt,
ich sei ich
und niemand anderes.
Großvater Cla sagt gar nichts.
Und Großmutter Mengia ist tot.

Maria und das ewige Lächeln

Neben der Bank, auf der ich sitze und warte, steht ein kleiner Schrein mit einer lächelnden Jungfrau Maria. Vielleicht hat Großmutter Mengia an jenem Morgen vor vier Jahren vergessen, kurz innezuhalten und ihr Gebet zu sprechen, bevor sie den steilen Aufstieg zur Alp hinauf unter die Füße nahm, einen Pfad, den sie in ihrem Leben unzählige Male gegangen war. Vielleicht hat sie ihr Gebet gesprochen, aber Gott war gerade anderweitig beschäftigt, als sie den Halt verlor und in die Tiefe stürzte. Die Suchmannschaften fanden sie zwei Tage später.

»Sieh sie dir nicht mehr an«, haben sie zu Cla gesagt. »Behalte sie so in Erinnerung, wie sie gelebt hat.«

Jelscha stand bei der Beerdigung zwischen Cla und Jonny. Schmal, blass, aber kerzengerade, die Lippen zusammengekniffen, die Augen trocken.

»Ich werde nicht vor allen weinen«, hatte sie gesagt.

Die Blicke der Trauergemeinde suchten sie. Ein paar wenige offen und voller Anteilnahme, viele versteckt und lauernd. Ich erkannte den Vorwurf in ihnen. *Sieh mal, sie weint nicht.*

Jonny legte seinen Arm um sie. Behutsam, wie man es von einem wie ihm nicht erwartet hätte.

Cla verharrte mit hängenden Schultern daneben und weinte leise vor sich hin.

Nach der Abdankung kondolierten die Leute. Wortkarg mit einem Handschlag oder schweigend mit einem Nicken.

Wenn ich mal sterbe, will ich keine Trauerfeier. Jemand soll meine Asche in einen Fluss streuen, der sie mitnimmt, am liebsten bis ans Meer. Ich will nicht auf den Friedhof, wo man mich in einer Art unterirdischen Gefängniszelle einbuddelt. Was von mir übrig bleibt, soll frei sein.

Frei. In meiner Kehle steigt ein Lachen auf. Ich presse meinen Mund zusammen, damit es nicht aus mir herausbricht, doch dann fällt mir ein, dass ich allein hier sitze. Ich schiele zur Jungfrau Maria rüber. Kann mir eigentlich egal sein, was sie denkt, ich glaube sowieso an nichts. Ich starre sie an und überlege mir tatsächlich einen oder zwei Momente lang ernsthaft, sie um einen Gefallen zu bitten.

Aber ich schweige und schaue auf die Uhr. Der Sekundenzeiger hat es überhaupt nicht eilig, steht er etwa? Ich schüttle mein Handgelenk und schaue noch einmal genauer hin. Doch, er bewegt sich. Sogar der Minutenzeiger ist ein Stück weit voran gekrochen.

Die Uhr ist ein Familienerbstück. Weitergegeben von Generation zu Generation, von Familienoberhaupt zu Familienoberhaupt. Bis zu meiner Mutter waren das alles Männer. Ihr Urgroßvater, ihr Großvater, ihr Vater. Und dann sie, die älteste von fünf Schwestern. Der so dringend benötigte männliche Nachfolger blieb aus, Großmutter starb, bevor sie ein sechstes Kind und damit vielleicht den erhofften Sohn zur Welt bringen konnte. Was meinem Großvater einen Vorwand für sein Trinken gab, denn wie sollte eine Frau ein Hotel führen?

Als meine Mutter meinen Vater heiratete, einen Gemeindebeamten aus dem Nachbarort, klopfte ihm mein Großvater bei der Hochzeit auf die Schulter und schenkte ihm die Uhr. »Du bist jetzt der Chef hier«, sagte er.

Bab lehnte ab. »Gib sie deiner Tochter«, antwortete er.

Großvater hat meinem Vater diese ungeheure Zurückweisung für den Rest seines versoffenen Lebens bei jeder Gelegenheit vorgeworfen. Meine Mutter hat die Uhr nie getragen, aber sie hat sich jeden einzelnen Tag abgerackert, auch nach Großvaters Tod. Als müsste sie ihm bis in alle Ewigkeit beweisen, dass sie es kann.

Es ist ihr nicht gelungen. Unserem Hotel geht es von Jahr zu Jahr schlechter. Jeder vernünftige Mensch würde aufgeben, nicht so meine Mutter. Irgendwie verstehe ich sie. Aufgeben würde bedeuten, ihrem Vater recht zu geben. »Das Hotel bleibt in der Familie«, sagt sie immer. Mit *Familie* meinte sie meine Schwester und mich. Jetzt meint sie nur noch mich, denn Ladina ist aus unserer Familie ausgebrochen und aus dem Tal abgehauen.

Ein Jahr danach, an meinem dreizehnten Geburtstag, hat mir Mumma die Uhr geschenkt. Ich trage sie. Aber nicht so, wie Mumma es denkt. Ich trage diese Uhr als Erinnerung daran, wer ich nie werden will.

Ich sehe Jelscha vor mir, wie sie auf dem Mittelstreifen Ronda verlässt. Über ihr leuchten hell und klar die Sterne, mitten am Tag. Sie dreht sich um und winkt mir zu.

Auf meinem Weg nach Hause gibt es keinen Mittelstreifen. Zu eng stehen die Gebäude beisammen. An manchen Stellen können sich nicht einmal zwei Autos kreuzen. In der Nacht nach Ladinas großem Abgang habe ich mit Kreide einen Mittelstreifen auf die engen Straßen gezeichnet, von unserem Hotel runter bis zur Post. Dann bin ich zurückgegangen und die ganze Strecke vom Hotel bis zum Dorfausgang auf dem Mittelstreifen gerannt, mit ausgebreiteten Armen, wie damals, als ich ein kleiner Junge war und Flugzeug spielte. Bei der Ortstafel habe ich mir geschworen, Ronda über den Mittelstreifen zu verlassen. Mit meinem Mofa. Bis zur nächsten Stadt. Ich bin immer noch hier. Und ich frage mich, ob Jelscha das geahnt hat, als sie mit dem Buch für mich begonnen hat. Verdammt, Jelscha, du kannst doch nicht einfach gehen!

Ich streiche mit meiner Hand über die Seite mit dem Song, der kein Song ist, aber fast ein Gedicht. Jonny hat recht: Jelscha ist Jelscha und niemand anderer. Jelscha ist, wie sie ist. Und wie ich gerne wäre.

Ich habe beinahe mein ganzes Leben mit ihr verbracht. Warum bin ich dann nicht geworden wie sie? Warum habe ich ihr nicht alles gesagt, wo wir doch über alles reden konnten? Warum sitze ich hier und habe eine solche Angst vor allem? Ich drehe meinen Kopf zur Jungfrau Maria. Sie lächelt ihr doof-seliges ewiges Lächeln. Schnell schaue ich weg und streiche ein letztes Mal über die Seite.

Bevor ich weiterblättere, schließe ich meine Augen und träume Jelscha nach. Sie entfernt sich immer weiter, bis dichter Nebel sie verschluckt. Das Licht der Straßenlaternen verliert seinen Kampf gegen das feuchte Weiß, lässt sie alleine dort unten auf ihrem Mittelstreifen, der sich ins Nichts auflöst.

An einem besonders nebligen Abend bin ich ihr nachgerannt. »Spinnst du?«, habe ich in meiner Panik gefragt. »Wenn jetzt ein Auto kommt, sieht es dich nicht.«

»Schau mich an«, hat sie geantwortet und auf ihre Ohren gedeutet. Dort, wo sonst immer Ohrstöpsel drinsteckten. »Keine Musik. Ich bin doch nicht lebensmüde.«

»Nein, aber leichtsinnig«, ist es mir rausgerutscht. Noch während ich die Worte aussprach, merkte ich, dass ich klang wie Mumma.

»Du weißt schon, dass du wie deine Mutter klingst«, sagte Jelscha.

Ich schaute verlegen weg.

Jelscha lachte. »Volltreffer?«

Ich nickte.

»Kann passieren«, meinte sie.

Nicht mir, wollte ich antworten, aber ich hatte ja gerade das Gegenteil bewiesen.

Danach habe ich Jelscha unendliche Male nachgeschaut, manchmal mit beklommenem Herzen und zugeschnürter Kehle, aber ich habe nie wieder versucht, sie von ihrem Tanz über den Mittelstreifen abzuhalten.

Jelscha ist kein einziges Mal angefahren worden, auch im dichtesten Nebel oder Schneegestöber nicht. Vier Streifen vor der Ortstafel ist sie jeweils sicher in die Nebenstraße zum *Cave* hinunter eingebogen. Ihrem Zuhause.

Früher hieß der Gasthof *Löwen*. Als Jonny ihn von Cla übernahm, gab er ihm einen neuen Zweck und einen neuen Namen. Statt wie früher Volksmusik und Alphornklänge, röhrt schon lange Rock vom Feinsten aus dem Innern des *Lion-Cave*. Aussehen tut das *Cave* aber noch so wie früher. Ziemlich alt. Und nicht wirklich schön. So eines dieser typischen Gasthäuser halt, an denen nie etwas renoviert wurde. Oben die beiden Stockwerke mit den Wohnungen, unten die Gaststube. An der Hausfront noch der verblichene Namenszug *LÖWEN*.

Bis Jonny vor ein paar Jahren den Billard-Tisch aus dem Nebenraum entfernt und ihn zu einem absolut edelabgefahrenen Steampunk-Raum umgebaut hat, war die Bar das einzig Neue im *Cave*. An den Wänden hängen Fotos von Jonny und den Bands, in denen er gespielt hat. Und von den Bands, die alle schon bei ihm zu Gast waren. Jonny ist der ungekrönte König des Rock. Nicht nur hier im Tal. Es gibt Leute, die für eines seiner legendären Konzerte von Italien oder Deutschland oder sonst wo anreisen.

Manchmal hängt sich Jelscha eine von Jonnys Gitarren um. Die Art, wie sie Musik macht, hat etwas Magisches.

Sie gibt mir das Gefühl, fliegen zu können. Oder es zumindest über den Mittelstreifen aus Ronda hinaus zu schaffen.

Familie

Familie
ist Glücksache

Ich wurde
hineingeworfen
in meine
Du wurdest
hineingeboren
in deine

Familie
ist kein Schicksal

Wir können
über unser Leben
bestimmen
Wir können
frei entscheiden
wer wir sind

Familie
ist nicht das Blut

Familie
ist ein Band
zwischen
den Seelen
Elia, du bist
Familie

Familiengeheimnisse

Wo Familien sind, sind Geheimnisse. Bei Jelschas Familie liegt das ganz große Geheimnis im Ungesagten. Ihre Mutter ging kurz nach ihrer Geburt weg und kehrte nie zurück. Keiner hat Jelscha erklärt, warum. Bei meiner Familie sind die meisten Geheimnisse offen, jeder kennt sie. Dass mein Großvater gesoffen hat, ist kein Geheimnis. Dass mein Vater nie in die Rolle des Hoteliers hineingewachsen ist, auch nicht. Dass unser Hotel vor der Pleite steht, sowieso nicht. Manchmal frage ich mich, ob mein Geheimnis denn überhaupt noch eines ist. Oder ob nicht schon alle längst darüber reden. Die Vorstellung treibt mir die Hitze ins Gesicht.

»Warum?«, würde Jelscha fragen, wenn sie jetzt hier wäre. »Ist doch voll okay.«

Jelscha hat gut reden. Sie ist sozusagen Weltmeisterin im Umgang mit Geheimnissen. Und sie hat ihr eigenes Rezept gegen Schwätzer gefunden, die denken, sie wüssten es besser. »Hör einfach nicht auf den Mist, den die Leute sich erzählen.«

Mist wird eine Menge erzählt hier in Ronda. Jeder und jede hat zu jedem und allem eine eigene Theorie. Zu Jelschas Vater, zu Jelschas Geburt, zum Verschwinden von

Jelschas Mutter. Sie reden. Im Dorfladen, in den Restaurants, am runden Tisch im Hotel meiner Eltern, der für die Einheimischen reserviert ist.

Jelscha hatte von Anfang an ihre eigene Geschichte. Im Kindergarten erzählte sie vom geheimnisvollen Prinzen, der ihre Mutter über alles geliebt hat. Aber seinem Vater, dem bösen König, war ihre Mutter nicht gut genug. Er hat sie deshalb in einem hohen Turm eingesperrt. Großmutter Mengia und Großvater Cla haben das Kind im letzten Augenblick vor dem Tod bewahrt und halten es in diesem abgelegenen Tal versteckt.

»Du lügst!«, riefen die Kinder im Kindergarten.

»Und ihr seid doof«, antwortete Jelscha.

Von da an wollte niemand mehr ihr Freund oder ihre Freundin sein. Dafür ging ein Wettkampf los, wer am gemeinsten zu ihr sein konnte, und weil ich nicht von ihrer Seite wich, bekam ich das volle Programm mit ihr zusammen ab. Nachdem das erste Mal jemand mit Steinen nach uns geworfen und auch getroffen hatte, stattete Jonny unserer Kindergartenklasse einen Besuch ab. Danach war Ruhe. Die Narbe auf meiner Stirn ist geblieben.

Ungefähr in der vierten Klasse las uns Frau Clavadetscher am letzten Tag vor den Frühlingsferien eine Geschichte über ein Mädchen vor, das alleine bei seiner Mutter lebt. Ihr größter Wunsch ist es, ihren Vater kennenzulernen. Eines Tages findet sie heraus, dass er ihr jedes Jahr zum Geburtstag einen Brief geschrieben hat, Briefe, die ihre Mutter ihr nie gezeigt oder vorgelesen hat.

In der ersten Ferienwoche hat Jelscha im Haus ihrer Großeltern nach Briefen gesucht und keine gefunden. Auch sonst nichts, das darauf hinwies, wo ihre Mutter sein konnte. Großmutter Mengia hat gemerkt, was los war, und Jelscha erklärt, dass ihre Mutter bestimmt oft an sie denke. Das machte alles nur noch schlimmer.

»Dann würde sie mir doch schreiben«, hat Jelscha zu mir gesagt. Den Rest der Ferien war sie ganz still. Danach hat sie bis zur Oberstufe nicht mehr von ihrer Mutter und ihrem Vater gesprochen. Aber keiner konnte ihr was. Wer immer versuchte, sie fertigzumachen, lief bei ihr ins Leere. »Zieh dein Ding durch, halte den Kopf hoch und lass dich von niemandem anficken«, das war ihr Motto, das sie auch zu meinem machen wollte.

Dazu kam, dass bei Jonny immer mehr bekannte oder sogar echt berühmte Musiker auftraten. Das beeindruckte alle, auch wenn es beinahe keiner zugeben wollte. Jelscha wurde von der gehänselten Außenseiterin zu einer Respektsperson. Sie hatte ihren eigenen Status. Den Jelscha-

Status. Spätestens am Ende der ersten Oberstufe war sie für viele an der Schule das Coolste, das Ronda zu bieten hatte.

Der Jelscha-Status schloss mich mit ein, denn wir beide gehörten zusammen. Ich war ihr Freund. Ihr bester und einziger Freund.

Im zweiten Jahr Oberstufe entschuldigte sie sich für den Stein, der für sie gedacht gewesen war, aber mich getroffen hatte.

»War mir eine Ehre«, antwortete ich und meinte es auch so.

»Du hast ausgesehen wie ein Held, mit all dem Blut, das über dein Gesicht lief.«

Familie ist nicht das Blut.

Nun, in diesem Fall wohl schon.

Wenn Jelscha richtig übel drauf war, dann ging ihre Geschichte so: »Mein Erzeuger ist irgend so ein Voll-Loser, der sich für einen Rockstar hält, aber nicht mal ein Instrument spielen kann. Einen, den Mam nie und nimmer freiwillig an sich rangelassen hätte. Wahrscheinlich hat er sie vorher abgefüllt und sie dann vergewaltigt. Kein Wunder, wollte sie ohne mich verloren gehen.«

Wenn sie nicht ganz so übel drauf war, war ihr Vater ein Musiker, der bei Jonny aufgetreten war, manchmal war er sogar nett, aber nie war die Schwangerschaft gewollt. Denn, warum sollte eine Mutter ohne ihr Kind abhauen, wenn sie es wirklich gewollt hätte?

Ich glaube, alles wäre anders gewesen, wenn Jonny die Antwort darauf gekannt hätte, warum Jelschas Mutter verloren gehen wollte. Aber er kannte sie nicht. Als Jelscha zur Welt kam, stand er auf einer Bühne in Amsterdam, am Ende einer langen Tour, kurz vor dem großen Durchbruch. Die Band bekam in jener Nacht das Angebot von einem großen Label. Doch dann verschwand Jelschas Mutter, Jonny kehrte zurück nach Ronda, die Band fand einen anderen Gitarristen und wurde ohne Jonny berühmt.

Jelscha hat den Verdacht, dass Jonny trotzdem weiß, weshalb ihre Mutter wegging. »Aber er will es mir nicht sagen«, hat sie mir mal erzählt. »Aus Rücksicht, weil er mir die Wahrheit nicht zumuten will.« Ihre Augen funkelten, eine Mischung aus Enttäuschung und Wut. »Niemand will mir die Wahrheit zumuten, weder Großmutter Mengia noch Großvater Cla noch Jonny. Nicht mal meine Mutter. Dabei hätte sie mir nur einen Brief schreiben müssen. Einen einzigen Brief, Elia! Hat sie aber nicht. Das ist ein verdammt klares Zeichen dafür, dass sie nichts von mir wissen will.«

Ich schaue zu Maria rüber. Und du, denke ich, weißt du es? Vielleicht war Jelschas Mutter ja hier bei dir und hat dich gefragt, was sie machen soll, und du hast gelächelt und geschwiegen wie immer.

Die Jungfrau antwortet nicht. Natürlich nicht. Und trotzdem höre ich sie. »Du weichst aus«, sagt sie. »Du denkst an Jelscha, an Jonny, an Mittelstreifen. Aber deswegen sitzt du nicht hier.«

Nein. Deswegen sitze ich nicht hier.

Ich wähle Jelschas Nummer.

Sie geht nicht ran.

Also schreibe ich ihr.

Fahrt über den Mittelstreifen. Für mich.

Sie schickt ein Smiley zurück.

😄 *Es wird alles gut.*

Wie kann sie so sicher sein? Sie wusste ja noch nicht einmal, wie dieses Jahr enden würde, als sie mit ihren Songs und Beinahegedichten für mich anfing. Seither ist so viel passiert. Und es hat alles auf den Kopf gestellt. Auch mich. Auf eine Art, die ich manchmal kaum aushalte.

In mir wächst der Drang, den letzten Eintrag in Jelschas Buch zu lesen. Ich will jetzt, auf der Stelle, herausfinden, warum Jonny mit Jelscha mitgeht und was …

Nein.

Doch.

NEIN!

DOCH!!!

Ich lege das Buch ans andere Ende der Bank und klemme meine Hände zwischen meine Knie.

Nein. Nein. Nein.

Alles in mir kribbelt. Meine Nerven flimmern wie ein auf extrem schnell geschaltetes Stroboskoplicht.

Kennt Jelscha den Namen meiner Angst? Hat sie eine Antwort?

Ich springe auf, schnappe mir das Buch. Öffne es auf der letzten Seite.

Nicht mogeln, Elia 😉

Ich starre die drei Wörter und das Zwinker-Smiley an. Bis er vor mir verschwindet. Dann gehe ich zu der Stelle, wo ich aufgehört habe. Blättere eine Seite weiter. Mein Herz setzt einen Schlag lang aus.

Hier ist es. Der Anfang von allem. Der Grund, weswegen ich jetzt hier sitze.

London Calling

London calling.
He's coming home.
Wer hat verkauft?
Wer hat geschwiegen?
Wer hat verraten?
Who the fuck is Conradin A?
Dieser Irre.
Dieser Verrückte.
Dieser Wahnsinnige.
Will Jonnys Cave.
Bekommt er nicht.
Nur über Jonnys Leiche.
Und meine.
Wer hat Angst vor Conradin A.?
Ich nicht.

Aber.
Ganz am Anfang,
da habe ich mir gewünscht,
dass ER mein Vater ist.
Der große Rächer,
der zurückkommt.
Der Besuch der alten Dame,
die alles aufmischt.
Zorro, der es allen zeigt.
Die Heuchler entlarvt.
Die Braven enttarnt.
Die Selbstgerechten entrechtet.
YES, habe ich gedacht.
YES! YES! YES!
Und dann PÄNG!
Will er das Cave.
Jonnys Cave.
Unser Cave.
Mein Zuhause.

Nicht mit uns.
Nicht mit mir.
Arsch.
Fick dich.

PS:
ICH HABE NACHGERECHNET.
ER KANN NICHT MEIN VATER SEIN.

Der Spekulant

Es ist gar nicht so einfach, Jelschas Gekritzel zu lesen. Sie war so furchtbar wütend an jenem Tag. Irgendjemand von der Presse rief am späten Nachmittag auf dem Festnetzanschluss von Cla an. Jelscha hörte das Klingeln und nahm den Anruf entgegen. Ein Typ stellte sich kurz vor, sagte ihr, er schreibe für den *Blick* und fragte sie nach einer Stellungnahme.

»Stellungnahme wozu?«

»Zu dem, was gerade in London passiert.«

Danach war die Hölle los.

Bei uns und in Ronda.

Mein Handy summte. Jelscha.

»Geh auf blick.ch, Elia. Live-Ticker. Jetzt. Scheiße, das ist so fucking weird.«

blick.ch? Jelscha interessierte sich einen Deut für den *Blick*. Warum ...

»Siehst du es?«

»Noch nicht.«

»ELIA!«

Keine Sekunde später sah ich es dann auch, aber es ergab keinen Sinn.

Ein Raum aus kühlem Chrom und Glas, Möbel in edlem Design, an einem langen Tisch Männer in Anzügen und Frauen in Kostümen. Hinter ihnen, durch die Glasscheiben gut sichtbar, die Skyline der City of London. Über den unteren Rand lief ein Text. *Großprojekt in Ronda/GR *** Pressekonferenz in London. ****

Die Kamera zoomte auf den Mann in der Mitte. Dunkelbraune, von grauen Strähnen durchzogene, leicht gewellte Haare, gebräunter Teint, klare grau-grüne Augen, schwarzes Hemd, perfekt sitzender dunkelgrauer Anzug. Ich hätte ihn auch ohne das Namensschild erkannt.

Jeder in Ronda kannte ihn. Oder wusste von ihm. Conradin Annen, der junge Streber mit den zu großen Ideen für das kleine Dorf. Einen Skaterpark hatte er bauen wollen, und das hätte nur der Anfang sein sollen. Doch dann zog er sein Ding nicht durch, gab mitten im Bau des Parks auf. Die Alten verspotteten und verhöhnten ihn, die Jungen fühlten sich von ihm verraten und rächten sich auf alle möglichen Arten, auch mit ihren Fäusten. Die Anfeindungen trieben ihn aus dem Dorf. Conradin Annen verließ es mit einem Schuldenberg in fünfstelliger Höhe.

Er kehrte nie zurück, setzte seine großen Ideen in der weiten Welt außerhalb von Ronda um und wurde zu einem erfolgreichen internationalen Geschäftsmann. Vor ein paar Jahren heiratete er eine berühmte französische Schauspielerin und war seither nicht nur immer wieder in den Wirtschaftsnachrichten, sondern auch in der Klatschpresse präsent. Ein Journalist, der Annens Lebensgeschichte recherchierte, fand heraus, dass der Gemeinderat von Ronda den jungen Annen ins Leere hatte laufen lassen. Mit voller Absicht.

In schlaflosen Nächten, mit Gedanken, die sich endlos drehten, habe ich mir oft vorgestellt, wie er zu sein. Die Brücken abbrechen. Neu anfangen. Es allen zeigen.

Genau das tat Annen jetzt. Es allen zeigen.

Ich schaute ihm zu, wie er sich leicht nach vorn beugte, dem Mikrofon entgegen.

»Guten Tag. Mein Name ist Conradin Annen. Ich bin heute hier, um Ihnen mein bisher wohl ambitioniertestes Projekt vorzustellen: ein Luxusresort in einem der schönsten und unberührtesten Täler der Schweiz, in meinem Heimatort Ronda.«

Sein Englisch war nahezu akzentlos, seine Stimme hatte einen tiefen, tragenden Klang. Während er redete, lief am unteren Bildrand der Text weiter.

*Überraschende Ankündigung *** Der Schweizer Unternehmer Conradin Annen mit Wohnsitz in London* *kehrt mit einem Tourismusprojekt der Superlative in seine Heimat zurück* ***

Die Kamera schwenkte zu einer Großleinwand. Ein Film startete. Ronda aus der Vogelperspektive. Ein Rundumblick aus einer Drohne aufs Bergpanorama. Eine Stimme aus dem Off, die die Schönheit und Einzigartigkeit des Ortes pries.

Wow, tippte ich in mein Handy.

Yap, kam postwendend Jelschas Antwort. *Was soll der Scheiß*?

Ich hatte keine Ahnung.

Wo will der überhaupt bauen?, fragte ich.

Werden wir wohl gleich erfahren.

»Ich möchte Ihnen nun Harry Youngblood vorstellen«, sagte Annen. »Er ist der Architekt, der meine Vorstellungen perfekt umgesetzt hat.«

Die Kamera richtete sich nun auf einen jungen Hipster-Typen, der links von ihm saß. Dunkle Haut, wilde Frisur, Naturholzbrille, Bart und der obligate schwarze Rollkragenpullover. Sogar der Name passte. Harry Youngblood.

Jelscha sandte mir einen Lachflashsmiley. *Wetten, dass der Name ein Fake ist*, schrieb sie.

Ich starrte diesen Harry Youngblood an, bis er vor meinen Augen verschwamm und ich an seiner Stelle dort saß. Natürlich ohne Naturholzbrille, Bart und Rollkragenpullover. Aber in coolen Klamotten. Solchen, wie ich sie in Ronda nie tragen würde.

Ein PLING holte mich aus meinen Träumereien.

Elia, der will unser Cave plattmachen!!!

Auf einen Schlag war ich wieder da. Und noch bevor ich begriff, was Sache war, wünschte ich mir, Annen würde unsere *Alpenrose* plattmachen.

Die Stimme von Harry Youngblood redete weiter, aber man sah nicht mehr ihn, sondern einen Plan auf dem riesigen Screen, auf dem eben noch die Drohne auf Ronda runtergefilmt hatte. Derselbe Bildausschnitt, doch nicht mehr sattgrün, sondern schwarz auf weiß. Das ganze Dorf, jedes einzelne Gebäude. Das Gebiet am Dorfausgang war in einem luftigen Blau eingefärbt, mitten drin Jonnys *Lion-Cave*.

»... der perfekte Ort für das Ronda Mountain Nature Resort.«

Ich hörte zu, wie Harry Youngblood den Tourismus neu erfand und von einer Traumdestination in den Bergen sprach, einem ökologisch einmaligen Rückzugsort in unberührter Natur, für Menschen, die alles hatten und bereit waren, für das Besondere eine Menge Geld hinzublättern.

Es folgten Bilder einer Sinfonie aus Stein, Holz und Glas, schlicht und gleichzeitig wunderschön. Ich dachte an unsere Hotelzimmer, an die getäfelten Wände mit verblichenen Bildern von Alpenrosen in viel zu wuchtigen Rahmen, an die Vorhänge mit den rot-weißen Karomustern, an die abgenutzten Möbel, die aus der Zeit gefallenen Fliesen in den Badezimmern, und ich schämte mich. Ich wollte meine Haut und meinen Namen ablegen, aus meinem Körper schlüpfen und ein anderer sein, einer, den Harry Youngblood nicht belächeln würde, sondern einer, in dem er einen Gleichgesinnten erkannte.

Der spinnt doch, textete Jelscha.

Ich dachte, sie meinte Youngblood, doch dann bemerkte ich, dass Annen das Wort übernommen hatte.

Er redete von einem Neuanfang, der Stunde Null, die eine neue Epoche einleiten würde. Keine Zweitwohnungen, die aus Ronda ein Geisterdorf machten, sondern Hotelzimmer, die das ganze Jahr über belegt waren. Mit Reisenden, die viel Geld nach Ronda bringen würden.

Blablabla, textete Jelscha.

Ich hörte gebannt zu, wie Annen seine Vision vorstellte und mit perfekten Bildern untermalte.

Bist du noch da?

Klar war ich noch da. Mehr als je zuvor. Aber ich wusste nicht, was ich Jelscha schreiben sollte. Annen pulverisierte gerade ihr Zuhause und Jonnys Lebenswerk, und ich hing gebannt an den Lippen eines Typen und wollte sein wie er.

Hat Jonny denn verkauft?, fragte ich.

Natürlich nicht!

Und alle anderen?

Jelschas Antwort blieb aus. Wahrscheinlich, weil sie Annen zuhörte.

»In den letzten Monaten ist es uns gelungen, bis auf ein Gebäude alle Häuser in der blauen Zone zu erwerben«, verkündete er. »Wir sind zuversichtlich, dass wir uns auch mit dem letzten verbleibenden Besitzer einigen können.«

Alle Häuser! Das waren das längst aufgegebene Hotel *Talgrund*, ein alter Wohnblock, ein leerstehendes Chalet, ein Stall und das Lager eines Getränkehandels. Da kaufte also ein Spekulant einen ganzen Dorfteil und niemand wollte das bemerkt haben?

Unmöglich.

Der kann sich seine Zuversicht sonst wo hinschieben, textete Jelscha.

Über den Bildschirm lief immer noch der Live-Ticker.

Bombe geplatzt: Ronda wusste nichts von Annens

*Plänen *** »Er muss über Strohmänner gekauft haben«, sagt Gemeindepräsident Arthur Caduff in einer ersten Stellungnahme. »Bei uns ist auch noch kein Baugesuch für ein Resort eingegangen.« ****

Annen blickte selbstbewusst in die Kameras und eröffnete die Fragerunde.

»Sie haben London gewählt für die Vorstellung Ihres Resorts«, sagte eine junge Frau mit kurzen schwarzen Haaren. »Verstehe ich das richtig, dass die Bevölkerung von Ronda noch nicht informiert ist?«

Annen nickte. »Dies geschieht in einem nächsten Schritt.«

»Aber im Dorf weiß man Bescheid?«, hakte die Frau nach.

»Das müssen Sie die Menschen in Ronda fragen.«

In diesem Moment wurde mir klar, dass der Typ mit uns spielte.

Der spielt mit uns.

Jelscha und ich hatten mal wieder gleichzeitig genau dasselbe gedacht.

Der Vertriebene rächte sich. Er wusste genau, wie die Menschen bei uns im Dorf tickten, und er würde uns gnadenlos gegeneinander ausspielen. Bestimmt hätte ich das spannend gefunden, wenn es nicht um Jonnys *Cave* und Jelscha gegangen wäre.

»Werden Sie an der Informationsveranstaltung in Ronda persönlich anwesend sein?«

Ich sah nicht, wer die Frage gestellt hatte. Die Kamera war auf Annens Gesicht gerichtet, das keine Gefühle preisgab. Ein Spieler, der sich nicht in die Karten blicken ließ.

»Selbstverständlich«, antwortete er.

»Mit welchen Gefühlen fahren Sie nach Ronda?«

Annen lächelte. »Mit Freude und Zuversicht.«

»Und wie, denken Sie, werden die Menschen Sie empfangen?«

Nun lachte er. »Hoffentlich netter, als sie mich verabschiedet haben.«

Zonenkrieg

INTRO

Nichts gesehen
Nichts gehört
Nichts gewusst
Sagen sie in der
weißen Zone

Nichts geahnt
Nichts gedacht
Nichts geplant
Sagen sie in der
blauen Zone

Und der eine lacht

SONG

Alte Zonen – aufgehoben
Neue Zonen – festgelegt
Das ist, was ich weiß
Der Rest ist Schwebe
Der Rest ist Rache
Der Rest ist Krieg

Alte Regeln – ungeschrieben
Neue Regeln – aufgezwungen
Das ist, was ich ahne
Der Rest sind Fragen
Der Rest ist Raten
Der Rest Krieg

Alte Herrscher – ausgebootet
Neue Herrscher – selbsternannt
Das ist, was ich sage
Der Rest ist Schweigen
Der Rest ist Wut
Der Rest ist Krieg

Alte Ordnung – umgeworfen
Neue Ordnung – fremdbestimmt
Das ist, was ich fühle
Der Rest ist Bangen
Der Rest ist Hoffen
Der Rest ist Krieg

Sieger, Verlierer und ein Held

In weniger als einer halben Stunde spaltete Annen unser Dorf in zwei Lager. Die heile Heidi-Welt hatte es ohnehin nie gegeben, an so was glauben nur hoffnungslose Romantiker aus der Stadt und Ewiggestrige.

Annen mischte die Karten neu, schichtete die Lager um. Sieger fühlten sich in die Enge getrieben, Verlierer witterten ihre Chance. Und meine Familie ging einmal mehr leer aus. Wir hatten uns schon vorher nur noch knapp über Wasser gehalten, jetzt stand es uns bis unter den Hutrand. Wer brauchte eine *Alpenrose*, wenn es das *Mountain Nature Resort* gab?

Mumma sah das anders. Die Medienkonferenz war noch nicht einmal ganz zu Ende, als sie die Tür zu meinem Zimmer aufriss. Natürlich ohne anzuklopfen. Sie stand da, mit ihrem durchgedrückten Kreuz und dem vorgeschobenen Kinn, die Hände gegen die Hüften gestemmt, und deutete ihre Niederlage in einen Sieg um: »Das wird nie kommen.«

Mein Blick schweifte zurück auf den Bildschirm meines Laptops. Harry Youngblood beantwortete gerade die Frage eines Journalisten. Ich starrte auf seinen Mund, aus dem Wörter kamen, die ich nicht hörte, weil Mumma von

Größenwahnsinn redete und von Baubewilligungen, die es nie geben würde. Irgendwann war sie fertig mit reden, aber da war es schon zu spät. Harry Youngblood war nicht mehr im Fokus der Kameras. Mumma schnaubte in Richtung Laptop und marschierte aus meinem Zimmer.

Kaum war sie draußen, klingelte mein Handy. Ladina. »Glück gehabt, Brüderchen.« Sie lachte übermütig. »Damit ist die Alpenrose Geschichte und du musst in keine Fußstapfen mehr treten.«

Sie hatte recht. Annens Resort war mein Ticket in die Freiheit. Mein Herz hätte vor Glück hämmern und laut singen sollen, aber stattdessen zog es sich zusammen.

Der macht unser Cave platt, dröhnte es in meinem Kopf.

Jonny ohne *Cave* war nicht Jonny. Jelscha ohne *Cave* war Jelscha ohne Heimat.

Ich schlich mich aus dem Haus und rannte den ganzen Weg zu Jelscha.

Vor dem *Cave* standen eine Menge Autos. Eine Frau, die mir bekannt vorkam, schaute in eine Kamera und redete in ein Mikrofon. Gian, der Wirt vom *Schäfli*, stapfte auf sie zu, nahm ihr das Mikrofon weg und brüllte mit hochrotem Kopf ganz unschweizerisch: »Fuck you, Annen«.

Dann gab er der Frau das Mikro zurück und stürmte ins *Cave*. Ich folgte ihm.

Das Lokal war so voll wie sonst nur bei Konzerten. Ein Durchkommen war unmöglich, also schickte ich Jelscha eine Nachricht.

Ich bin hinter dem Cave.

Während ich wartete, suchte ich auf dem Handy nach News. Ich erwischte Jonny in Nahaufnahme. »Ich verkaufe nicht«, sagte er.

Im *Cave* brach Jubel aus. Das Dorf hatte seinen Braveheart gefunden.

Ich sah Jelscha erst, als sie vor mir stand. »Lass uns verschwinden«, sagte sie.

Es gab nichts, das ich lieber getan hätte.

Wir spazierten zum Fluss. Auf der Brücke blieben wir stehen und schauten nach unten in das glasklare Wasser, das sich seinen Weg zwischen den schwarzen Steinen hindurch bahnte.

»Schöne Scheiße«, sagte ich.

Sie beugte sich weit über das Geländer. »Die auf der Gemeinde müssen Bescheid gewusst haben.«

Ich beugte mich ebenfalls weit vor. »Der Turi auf jeden Fall.«

Unser Gemeindepräsident war wie eine Windfahne. Wehte immer mit jenen, die im Dorf das Geld und damit das Sagen hatten.

»Lass uns spucken«, sagte Jelscha.

Das taten wir, seit wir Kinder waren. Auf der Brücke stehen, ins Wasser spucken und uns etwas wünschen.

»In Rom werfen sie Geld in einen Brunnen«, hatte Jelscha mal zu mir gesagt. »Denkst du, dass das beim Wünschen helfen würde?«

Ich hatte keine Ahnung. Also versuchten wir es. Jeder von uns warf beim nächsten Mal zwanzig Rappen rein.

»Vielleicht müssten wir mehr Geld reinwerfen«, schlug Jelscha ein paar Tage später vor.

»Oder uns etwas anderes wünschen«, antwortete ich und merkte, wie traurig Jelscha schaute.

Irgendwann hingen an den Brücken dieser Welt ganz viele Schlösser. Ich fragte Jelscha, ob sie eins für ihre Mutter hinhängen möchte. Sie schüttelte den Kopf. »Das ist ja, wie wenn ich sie wegsperren würde.«

Aber wir hängten eins hin für uns beide. Einer der Gemeindeangestellten schnitt es auf und entfernte es. Danach hing eine Weile ein Zettel an der Brücke.

KEINE SCHLÖSSER!!!

Das ist eine Verschandelung!!!

Natürlich ließ Jelscha so was nicht auf sich sitzen. Sie ritzte unsere Namen ins Holzgeländer. Mit einem Herzen rund herum.

Wir mussten bei der Gemeinde antraben. Turi hielt uns eine Standpauke. Danach folgte die meiner Mutter. Jonny stand daneben und als er endlich ein paar Worte in den Redeschwall einbringen konnte, sagte er: »Das sind Kinder. Keine Schwerverbrecher.«

Jelscha griff nach seiner Hand und ich war neidisch auf sie. Weil sie Jonny hatte und ich meine Mutter.

Nun standen wir auf derselben Brücke wie damals, vom *Cave* schwappten aufgeregte Stimmen zu uns rüber. Ich fuhr mit dem Daumen über Jelschas Namen im Holz. Dann spuckte ich in den Fluss und wünschte mir, dass Mumma für einmal recht behalten würde.

»Das kommt nicht«, sagte ich zu Jelscha. »Jonny hat bis jetzt nicht verkauft und wird es auch nicht tun.«

Ich fühlte ihre Finger, die meine Hand suchten und sich zwischen meine Finger schoben. Einen verwirrenden Augenblick lang hatte ich das Gesicht von Harry Youngblood vor mir. Schnell blinzelte ich es weg.

Ich schaue hoch. Sehe Jelscha und mich auf der Brücke stehen. Und neben uns Jonny. Nur einen Moment lang.

Dann lösen sich Jelscha und Jonny auf – nur ich stehe noch da. Eine einsame Gestalt mit hängendem Kopf. Mutlos und verloren. Ich halte den Anblick nicht aus und schlage die nächste Seite im Buch auf.

Das Band der Liebe

So, wie du mir ein Bruder bist,
ist mir Jonny der Vater, den ich nie hatte.
So, wie du zu mir hältst,
hat auch Jonny immer zu mir gehalten.
Unser Band ist die Liebe.

So, wie du für mich da bist,
ist Jonny immer für mich dagewesen.
So, wie du mich stärkst,
hat auch Jonny mich immer gestärkt.
Unser Band ist die Liebe.

So, wie du für mich ein Zuhause bist,
ist Jonny immer mein Zuhause gewesen.
So, wie du mich liebst,
hat auch Jonny mich immer geliebt.
Unser Band ist die Liebe.

So, wie du mir Mama lässt,
hat auch Jonny mir Mama immer gelassen.
So, wie du mich siehst,
hat auch Jonny mich immer gesehen.
Unser Band ist die Liebe.

Unser Band ist stark.
Du und Jonny.
Jonny und du.
Jonny, du und ich.

Die grosse Show

Offiziell wuchs Jelscha bei Großmutter Mengia und Großvater Cla auf. Aber es war Jonny, der mit Jelscha zu Elterntagen in der Schule ging. Es war auch Jonny, mit dem Jelscha über ihre erste Regel sprach. Jonny hat für Jelscha sein Leben als Rockmusiker aufgegeben und ist nach Ronda zurückgekehrt. Er hat daraus nie eine grosse Sache gemacht. Hat einfach getan, was er für richtig gehalten hat. So, wie er immer das getan hat, was er für richtig hielt. Ohne viele Worte. Ohne etwas dafür zu erwarten. Er wollte seine Ruhe und seinen Frieden. Wenn er das hatte, saß er mit einem verschmitzten Lächeln hinter der Bar im *Cave* und überließ die kleinen und die großen Bühnen anderen.

Und jetzt stand er plötzlich im Mittelpunkt eines Sturms. Es war nicht das, was er gesucht hatte, aber er wich ihm auch nicht aus.

»Die machen ganz schön heftig Druck auf Jonny«, sagte Jelscha. »Reden auf ihn ein. Die einen beschwören ihn, zu verkaufen, die anderen, nicht zu verkaufen.«

Unsere *Alpenrose* war zum ersten Mal seit Ewigkeiten ausgebucht, weil sich plötzlich mehr Presseleute in Ronda aufhielten als Einheimische. Sie zerrten so ziemlich alle vor ihre Mikrofone und Kameras, ob die nun wollten oder nicht. Vom Schäfliwirt Gian bis zu Renato, den sie als Vorzeigebiobauern präsentierten. Von Erna aus dem Dorfladen bis hin zu Arno Cadisch, unserem Schulratspräsidenten. Der ging jedoch nicht auf die Fragen der Journalistinnen und Journalisten ein, sondern riet ihnen vor laufender Kamera, sich ja nicht mehr auf den Pausenplatz unseres Schulhauses zu wagen, sonst zeige er sie an. Einen Grund dafür würde er schon finden.

Der mit Abstand begehrteste Interviewpartner war Jonny. Er meinte trocken, dass es zum geplanten Resort nichts zu sagen gäbe. Dafür erzählte er von den Konzerten, von den Bands, die bei ihm gespielt hatten, und wenn ihn die Presseleute ungläubig ansahen, nahm er eines seiner vielen Gästebücher hervor, in denen sich die Musiker mit Foto, Autogramm und besten Wünschen bei Jonny für einen tollen Abend bedankten.

In jenen Tagen wurde er endgültig zum Kult. Plötzlich behauptete so ziemlich jeder, einmal an einem der legendären Konzerte dabei gewesen zu sein. Sogar Clemens Hüberli, der Filialleiter der Regionalbank, der stolz nachschob, er fahre übrigens eine Harley und sei schon immer ein Rockfan gewesen. Es war völlig verrückt und im Fall von Hüberli auch oberpeinlich.

Und dann kam endlich der Tag, an dem die Medienkonferenz stattfand. Mittags um halb eins landete ein schwarzer Helikopter auf dem Platz vor dem Feuerwehrdepot. Aus ihm stiegen vier schöne Menschen – Annen mit seiner Frau Lina Jasper, der französischen Schauspielerin, und seinen Stiefsöhnen. Ich hatte die beiden gegoogelt. Vincent war neunzehn und Laurin siebzehn. Sie sahen aus wie Stars, waren gekleidet wie Stars und bewegten sich wie Stars. Nicht eingebildet, sondern halt wie Menschen, denen die Welt gehört. Die vier kamen mir vor eine perfekte Familie aus einer perfekten Welt.

Turi hatte uns gebeten, *zahlreich zu erscheinen.*

»Kann er sich abschminken«, meinte Jelscha. »Ich geh da doch nicht hin wie ein Fangirl.«

Die meisten gingen nicht hin. Jene, die an Annen verkauft hatten, trauten sich nicht. Jene, die ihn und sein Projekt zum Teufel wünschten, setzten ein Zeichen und zeigten sich nicht. Sogar die Mehrzahl der Mitglieder der lokalen Blasmusik streikte und weigerte sich, für Annen zu spielen. Und so stand unser Gemeindepräsident Turi ziemlich einsam am Rand des Landeplatzes, hinter sich einzig eine Horde Medienleute. Er überreichte der Schauspielerin einen Blumenstrauß und schüttelte Annen die Hand.

Dabei grinste er etwas verlegen in die Kameras, die den Empfang für die Ewigkeit festhielten. Ich schaute mir das heimlich zu Hause in meinem Zimmer an, mit einem schlechten Gewissen und ein bisschen wie ein Fanboy.

Die große Annen-Show fand in unserer Mehrzweckhalle statt. Wobei es ein Wunder ist, dass es in unserem Dorf noch eine Schule gibt, sogar eine Oberstufe. Wir sind im Ganzen nur noch 79 Schülerinnen und Schüler. Jedes Jahr steht unsere Schule auf der Kippe, aber Arno Cadisch schaffte es bisher immer wieder, die Behörden davon zu überzeugen, dass es die Schule noch brauche.

An jenem Abend Anfang September war die Halle zum Bersten voll. Die Stühle reichten nicht; es mussten zusätzliche vom *Schäfli* über die Straße getragen werden. Wer rein wollte, wurde kontrolliert. Nur die Dorfbewohner hatten Zutritt. Und natürlich die Presseleute, die sich an den Seitenlinien und in den hinteren Reihen platziert hatten. Lieber hätten sie die vordersten Reihen für sich gehabt, doch Annen hatte klar gemacht, dass dies eine Veranstaltung für die Einheimischen sei. Ein Hohn, wenn man bedachte, dass er uns nur erzählen würde, was er zuvor der ganzen Welt in einem Live-Stream aus London erzählt hatte.

Mumma beharrte darauf, dass ich bei ihr und Bab saß, und weil sie sich nicht die Blöße geben wollte, unter den ersten zu sein, die eintrafen, schafften wir es gerade noch in die Reihe vor den Medienleuten.

Vorne hatten die Gemeindearbeiter die Bühne wieder aufgestellt, auf der vor den Sommerferien die Turner ihr Können gezeigt und danach ein Theaterstück aufgeführt hatten. Nun standen keine Turngeräte oder Requisiten da, sondern eine Reihe von drei Tischen mit sechs Namensschildern. Ich saß zu weit hinten, um sie lesen zu können.

Kurz vor acht Uhr wurde das Publikum unruhig. Wie bei einem Konzert. Alle schauten nach vorn, obwohl es noch gar nichts zu sehen gab. Irgendwo in der Menschenmenge vor mir saß Jelscha, zusammen mit Jonny und Cla.

Wo bist du, textete ich.

Drittvorderste Reihe, textete Jelscha zurück.

»Kannst du nicht wenigstens ein einziges Mal dieses dämliche Ding weglegen?«, zischte Mumma.

Wir sehen uns nachher, schrieb ich.

Jelscha antwortete mit einem erhobenen Arm und dem Victory-Zeichen.

In diesem Moment öffnete sich die Seitentür. Lina Jasper und ihre Söhne betraten die Halle. Ich starrte auf diese berühmten Menschen, die unbeeindruckt von den Blitzlichtern der Kameras zu ihren Plätzen in der ersten Reihe gingen, und vergaß das Atmen. Kaum hatten sie sich gesetzt, gingen auf der Bühne die Scheinwerfer an. Ich schnappte nach Luft, Bab seufzte leise, Mumma streckte ihr Kinn nach vorn.

Annen erschien als erster. Er schaute zu seiner Familie, lächelte und setzte sich in die Mitte. Hinter ihm folgte unser Gemeindepräsident Turi, dann Ernst Tüscher vom Bauamt, dann zwei Frauen und ein Mann. Eine der Frauen kannte ich aus dem Fernsehen. Der Mann war ein Bündner Politiker aus dem Tal gleich neben unserem.

Turi begrüßte die *geschätzten Anwesenden*, klaubte umständlich ein zusammengefaltetes Papier aus der Innentasche seiner Anzugjacke, entfaltete es theatralisch und setzte zu einer Rede an. Es war der Text, den er für den Empfang am Helikopter-Landeplatz vorgesehen hatte. Das wusste ich, weil Carmen vom Gemeindesekretariat es Erna vom Dorfladen erzählt hatte, die es jedem weitererzählte, der bei ihr einkaufte.

Turi musste sich böse Zwischenrufe gefallen lassen, das unzufriedene Gemurmel wurde so laut, dass er aufgab, seine Rede mitten in einem Gedankengang beendete und das Wort ziemlich angesäuert der Frau aus dem Fernsehen übergab, die den Anlass moderieren sollte.

»Würde mich interessieren, wie viel sie dafür garniert«, sagte der Totenhügel-Toni eine Reihe vor mir, mit dieser Stimme, die immer ein wenig nach einem Donnergrollen klang, sogar wenn er glaubte, nur zu flüstern. Seine Frau stieß ihm verlegen in die Seite.

Die Moderatorin stellte die Leute auf der Bühne vor. Danach übergab sie das Wort Conradin Annen.

»Unser Mastermind Harry Youngblood ist leider verhindert«, sagte er. »Er wäre gerne persönlich hier und würde Ihnen das Projekt vorstellen.«

»Kein Verlust«, rief einer aus dem Publikum.

»Ist wie bei den Frauen. Wenn eine hässlich ist, wird sie beim zweiten Blick auch nicht schöner.«

Einige lachten, andere buhten.

Vorne stand jemand auf und rief: »Können wir diesen sexistischen Scheiß lassen und zur Sache kommen?«

Jelscha! Ich grinste.

»Ich bitte um Ruhe und Aufmerksamkeit«, hallte die Stimme der Moderatorin über meinen Kopf hinweg. »Und vor allem um Fairness und Respekt gegenüber den Rednern.«

Annen informierte. Wobei er nichts sagte, was wir nicht alle schon längst wussten. Turi lobte das Projekt als einmalige Chance, malte die Zukunft von Ronda in den buntesten Farben, er verstieg sich sogar dazu, Ronda mit St. Moritz zu vergleichen, was ziemliches Gelächter auslöste. Ernst vom Bauamt erklärte, das geplante Resort erfülle sämtliche Auflagen und könne problemlos gebaut werden, unter der Voraussetzung, dass Jonny verkaufe. Der stand auf und erklärte, er sei nicht im Geringsten an einem Verkauf interessiert und eigentlich könnten jetzt alle nach Hause gehen. Außer, der verehrte Herr Annen sei in der Lage, die Anwesenden darüber aufklären, wie er sein feines Luxusresort um das *Cave* herum bauen wolle. Dann setzte sich Jonny wieder hin.

Annen trank einen Schluck Wasser, bevor er antwortete. »Ich bin sicher, dass wir uns einigen werden.« Und dann redete er einfach weiter über das Projekt.

Jonny stand auf und ging. Jelscha blieb sitzen. *Ruf mich an*, textete sie.

Jetzt?

Wann denn sonst?

Also rief ich an.

Money Money Money von Abba füllte die Halle.

Jelscha ließ sich Zeit, bis sie den Anruf entgegennahm.

Ich drückte sie weg, denn ich war sicher, dass sie etwas plante, was Mumma nicht gefallen würde.

»Sorry«, sagte Jelscha laut und deutlich in die tote Verbindung. »Ich kann jetzt nicht. Da spielt einer gerade den Totengräber für unser *Cave.*«

Gelächter und Applaus brachen aus. Zu meinem Erstaunen kommentierte Mumma den Vorfall nicht. Ich schielte zu ihr hinüber. Auf ihrem Gesicht lag ein anerkennendes Lächeln.

In der Fragerunde erfuhren wir noch einmal nichts, was wir nicht schon dank der Londoner Medienkonferenz wussten. Annen erklärte nicht, warum er die Gebäude anonym gekauft hatte, stritt jedoch ab, die Bevölkerung von Ronda getäuscht zu haben. Dass er zuerst eine Pressekonferenz in London gegeben hatte und uns erst jetzt informierte, begründete er damit, dass es sich um ein weltweit wegweisendes Projekt handle.

»Verarschen können wir uns auch selber!«, rief Gian.

Annen reagierte mit einem knappen Nicken und reichte das Wort weiter an den Politiker und an die Frau, die als Vertreterin von Tourismus Schweiz vorgestellt worden war.

Die beiden griffen auf viele englische Wörter zurück, redeten von Innovation und malten die Zukunft von

Ronda noch schöner, noch besser und noch bunter als vorhin unser Gemeindepräsident. Sie erwähnten die vielen neuen Arbeitsplätze, die neuen Lehrstellen, eine neue Art von Tourismus, die Geld, frischen Schwung und neues Leben ins Tal bringen würde. Und dann die Jungen! Sie hätten jetzt eine Zukunft in Ronda. Könnten hierbleiben. Etwas werden. Teil einer Vision sein.

Ich merkte, dass die Stimmung zu Gunsten von Annen und seinem Projekt zu kippen begann. Bis Heiner Kleinmann vom Hotel *Ausblick* aufstand und fragte, wie sich Annen die Zukunft der Hoteliers vorstelle, deren Gasthäuser nicht in der Zone lagen, die überbaut werden sollte.

»Wettbewerb schafft Chancen«, erklärte ihm Annen. »Man muss halt auch ein wenig innovativ sein.«

Nach diesem Satz explodierte die Stimmung. Buhrufe und Pfiffe hallten durch den Raum, aufgebrachte Leute drängten nach vorn. Die Stimme der Moderatorin, die um Ruhe und Vernunft bat, ging im Lärm unter, und irgendwann artete das Ganze in Rangeleien aus. Wer konnte, verließ fluchtartig den Raum, während sich drinnen ein paar eine blutige Nase holten und Ernst vom Bauamt einen Zahn verlor. Die Medien nannten das, was an diesem Abend passierte, wahlweise ein *Dorftheater* oder ein *Dorfdrama*.

Es war der verrückteste Tag, den Ronda je erlebt hat, und ich frage mich, ob Jelscha was dazu geschrieben hat.

Darauf kannst du wetten, höre ich ihre Stimme in meinem Kopf.

Die Wette gilt, denke ich und blättere zur nächsten Seite.

Money Games

mehrmehrmehrundimmermehr
ohnerücksichtaufverluste
nimmdirwasdukriegenkannst
millionenmilliardenbilliarden
yolohighlifefeelthegrove
gehaufsganzeundnochweiter
alleandernsindegal
mauschelnlügenundbescheißen
ehrlichkeitbringtkeinencent
seidirselbstdeinbesternächster

moralistwasfürloseropfer
oderwillstduntergehn
neiderneidernichtsalsneider
edelmussdieweltzugrundegehn
yachtimmeerundjetamhimmel
guccichanelrolexon
amendezähltnurwasduscheinst

machtdasalleswirklichspass
edlerschönerbesserweiter
sagmirwasduwirklichwillst

SAGMIRWASDUWIRKLICHWILLST

Was ich wirklich will

Jelschas Gedicht wirkt wie ein Sog. Ein riesiger Strudel, in den ich eintauche. Ich lese die Worte, erst still, dann laut. Ich schreie sie, ich brülle sie, ich rappe sie, bis mir die Luft ausgeht.

Sag mir, was du wirklich willst.

Was ich wirklich will?

Ich will

weinenohnescham
anderssseinunddochnormal
suchenundmichfinden
ichseinohneschein
c
hierundjetztleben
w
ichseinganzinecht
lachen
leben

Für das C und das zweite W fällt mir auf die Schnelle nichts ein. Ich weiß auch noch nicht, wie das mit dem *ich sein ohne Schein* und *ganz in Echt* geht, aber das ist auch gar nicht wichtig. Wichtig ist, dass sich gerade eine Tür in mir geöffnet hat.

Jelscha muss diesen Text mit ungeheuer viel Bitterkeit und Wut aus sich rausgespuckt haben. Genau wie ich vorhin. Jetzt ist das alles weg. Ich drücke das Buch an meine Brust und schließe die Augen. Es ist mir egal, wenn jemand kommt und mich so sieht. Es kommt aber niemand. Ich bin allein mit dem Buch und meinen Gedanken und Erinnerungen.

Ronda wurde zum Hype. Videoclips von uns gingen viral, wir wurden zu Memes, über die man lachen konnte. Daran waren wir auch ein bisschen selber schuld, denn wir bestätigten so ziemlich jedes Vorurteil über seltsame Leute in den Bergen, samt einer handfesten Prügelei nach dem Anlass in der Mehrzweckhalle. Und das Beste: In unserem Drama kamen auch schöne Promis vor. Die Annens flogen zwar so schnell wieder weg, wie sie gekommen waren, aber es gab genügend Fotos und Videos von Lina Jasper und ihren Söhnen in Ronda. Zudem verkündete Annen, dass sie schon bald alle gemeinsam hier Ferien machen würden.

»Das werden wir ja sehen«, sagte Mumma, die immer noch überzeugt war, dass Annens Projekt ein Luftschloss war, das nie gebaut werden würde. »Was glauben die denn, wer sie sind? Was Besseres?«

Klar waren sie etwas Besseres. Zumindest etwas Anderes. Sie träumten nicht klein wie wir in Ronda, für sie war nicht die richtige Seite in der Kirche das Limit, sondern der Himmel, falls überhaupt. Ihr Resort würde Ronda in die Welt und die Welt nach Ronda bringen. Menschen, die groß dachten. Kreative. Mit ihnen würden Arbeitsplätze kommen, die es so bei uns noch nie gegeben hatte. Es war die eine Chance im Leben, die nie wieder kommt. Aber der Preis dafür war zu hoch. Jonnys *Cave*. Und ein zerstrittenes Dorf.

Ich weiß nicht, ob ich in jenen Tagen ein guter Freund für Jelscha gewesen bin. Ich gab mir zwar Mühe, mir meine Faszination für die Annens und ihr Projekt nicht anmerken zu lassen, aber vor Jelscha kann ich schlecht was verbergen. Bestimmt hat sie es gemerkt. Deshalb habe ich Angst, die nächste Seite in Jelschas Buch aufzuschlagen.

Tage des Zorns

ich war
wütend
auf Mama
auf andere
auf die Welt
auf mich
aber nie auf dich
nie auf dich

immer
ging sie
weg die Wut
verpuffte
schlich davon
verschwand
weil du da warst
einfach da

dann kam
Annen
der Zorn wuchs
füllte mich
fraß mich auf
Monster
und du warst da
da für mich

Explosion

Ich konnte Jelschas Zorn fühlen, jeder konnte das. Tag für Tag aufs Neue. Wenn jemand in der Schule etwas über das Annen-Projekt sagte, brach er aus ihr heraus. Manchmal sagte sie etwas, meistens kniff sie den Mund zusammen und schwieg. Nicht, weil sie sich nicht traute. Sie hatte Angst, die Kontrolle zu verlieren und auszuticken. Und dann kam der Tag, an dem es doch passierte.

Es ging um Lehrstellen. Luca sagte, wenn das Ressort schon stünde, wäre es einfacher, eine im Ort zu finden.

»Vielleicht sollte dein Vater einheimische Arbeiter einstellen und Lehrlinge ausbilden, statt Portugiesen auszubeuten«, warf ihm Jelscha an den Kopf.

»Und vielleicht solltest du einfach abhauen wie deine Mutter, wenn es dir hier nicht passt«, konterte Luca.

Jelscha war zu schnell. Ich konnte sie nicht bremsen. Ihre Faust traf Lucas Kinn. Er taumelte und ging in die Knie. »Arschloch«, zischte Jelscha.

Luca rappelte sich hoch. Er fuhr sich über das Kinn, fixierte Jelscha mit seinem Blick und senkte den Kopf wie ein Stier kurz vor dem Angriff. Wäre er losgerannt, hätte er Jelscha niedergemäht und plattgemacht. Das wusste er, das wusste sie und das wussten wir, die um die beiden herumstanden. Luca war unser bester Schwinger, nicht der größte von uns, aber der kräftigste und der beweglichste. Jelscha floh nicht, sondern hielt seinem Blick stand. Mehr noch: Komm doch, sagten ihre Augen, komm, greif an.

»Was ist hier los?«, fragte Herr Ziegler, der einzige unserer Lehrer, der das Wort *Pausenaufsicht* ernst nahm und nun beherzt wie immer eingriff.

»Nichts«, sagte Luca.

»Sie hat ihn gehauen!«, brüllte ein Erstklässler, der die ungeschriebenen Regeln über das Verpetzen noch nicht kannte.

»Stimmt das?«, fragte Herr Ziegler.

Luca schüttelte den Kopf. Er kannte die Regeln. Also wartete er und rächte sich nach der Schule.

Es gibt einen Felsbrocken unten am Fluss, auf dem Jelscha besonders gerne saß. Jonny hatte ihr erzählt, dass es der Lieblingsplatz ihrer Mutter gewesen war. Zwei Tage nach dem Zwischenfall mit Luca stand auf dem Stein: *Sie wollte dich nicht.* Geschrieben mit Farbe, die nicht mehr wegging.

»Vielleicht hat er recht«, meinte Jelscha, als sie mir davon erzählte.

»Man kann niemanden nicht wollen, den man nicht kennt«, antwortete ich.

»Aber man kann gehen, bevor man jemanden kennt, für den man vielleicht bleiben würde.« Sie schwieg lange, bevor sie weiterredete. »Weißt du, was ich ihr wirklich übelnehme? Dass sie es nicht einmal versucht hat. Dass sie mich gleich nach der Geburt verlassen hat. Sie hat mir keine Chance gegeben. Das ist einfach nur scheiße.«

Da war nichts, was ich sagen konnte. Es gibt Dinge, die zerreißen dir das Herz. Und keine Worte der Welt können das ändern.

»Jelscha ist weg«, dringt eine Stimme in meine Gedanken.

Ein paar Schläge lang klopft mein Herz so stark, dass ich nicht antworten kann. Bis ich merke, dass es Sepp ist, der vor mir steht.

Mein »Ja« klingt wie der heisere Schrei einer Krähe.

»Und der Jonny auch. Beide weg.«

Sepp setzt sich zu mir hin. Das ist in Ordnung. Damit bleibt immer noch genug Platz.

»Was hast du da?«, fragt er und zeigt auf Jelschas Buch. Mein Buch.

»Ein Geschenk«, antworte ich.

Er nickte und meint: »Es sieht nach etwas Wertvollem aus. Trag ihm Sorge.«

Jeder im Dorf weiß, dass Sepp noch kein einziges Buch

gelesen hat in seinem Leben. Aber jetzt kann er seinen Blick nicht von Jelschas Buch lassen. Es liegt keine Neugier darin, eher Wehmut und Sehnsucht.

»Es ist schön«, sagt er. Und nach einer langen Weile. »Darf ich es anfassen?«

Eine seltsame Frage. Ich schaue auf seine schwieligen Hände und mir fällt auf, wie sauber sie sind. Da ist auch kein Schmutzrand unter seinen Fingernägeln. Ich halte ihm das Buch hin. Andächtig fährt er über den Buchdeckel, leicht und sanft, und ich ahne, dass das Dorf sich mal wieder gewaltig in einem Menschen geirrt hat.

»Mir hat nie jemand so was Schönes geschenkt«, sagt er leise.

»Weißt du, wie viele Striche der Mittelstreifen in Ronda hat, Sepp?«

Ich habe keine Ahnung, warum ich ihn das frage.

»Fünfundzwanzig.«

Eine Weile lang bringe ich keinen Ton raus.

»Hast du sie gezählt?«

Er grinst verschmitzt. »Jelscha hat es mir verraten.«

»Sie hat mir etwas dazu geschrieben«, sage ich. »Möchtest du es hören?«

»Gerne.«

Ich lese ihm den Mittelstreifenblues vor.

Danach sagt er eine ganze Weile nichts. Und dann: »Danke.«

Ich schaue ihn an und frage mich zum ersten Mal, wer er ist, ich meine, wer er wirklich ist.

»Ich muss weiter«, sagt er.

Er steht auf, führt ein kurzes, stilles Zwiegespräch mit der Jungfrau Maria und schlägt dann den Weg ein, den Großmutter Mengia gegangen ist. Ich schaue ihm lange nach und mir wird bewusst, dass Jelscha Sepp gesehen hat, wie er ist. Sonst hätte sie nicht mit ihm über Mittelstreifen gesprochen.

Sepp ist zwar weg, aber es fühlt sich an, als habe er mir ein Stück seiner Ruhe dagelassen. »Was hat er dir gesagt?«, frage ich Jungfrau Maria. Sie lächelt. Was anderes kann die ja nicht.

Ich stehe auf, spucke ins Wasser und wünsche mir was. Danach setze ich mich wieder hin, ohne auf die Uhr zu schauen. Auch das ist nicht mehr wichtig. Nach Jelschas *Money Games* Gedicht hat sich in mir etwas geöffnet. Mit Sepp hat sich etwas in mir verschoben. Nicht ruckartig wie bei einem Erdbeben. Eher so wie bei den Gesteinsschichten beim Entstehen der Berge. Langsam, unaufhaltbar und mit einer ungeheuren Kraft.

Ich öffne Jelschas Buch.

Wenn die Lüge die Wahrheit erzählt

(KEIN SONG. NA JA, VIELLEICHT SCHON.)

Man sagt
Fiktion sei
die Lüge, die
die Wahrheit erzählt.

Man sagt
Ronda sei ein
Dorftheater.
Nun denn, Vorhang auf.

Man sagt
Annen sei der
Richterhenker
der das Urteil fällt.

Man sagt
Gerechtigkeit
hat ihren Preis.
Wie viel darf es sein?

(Und darf es auch ein bisschen mehr sein?)

Doch sag
Was ist Lüge
Was ist Wahrheit
Und wo stehen wir?

Die Lebenden und die Toten

Jelscha hat das Zitat über die Fiktion in einem Buch gefunden. Das Theater, das jedes Jahr an der Turnerunterhaltung aufgeführt wird, haben wir uns danach mit völlig anderen Augen angeschaut und uns vor Lachen öfters gekugelt.

Jetzt war plötzlich ganz Ronda eine Bühne und wir spielten uns sozusagen selbst.

Jonny hatte sich die Hauptrolle in diesem Stück nicht ausgesucht. Ob er den Guten oder den Querulanten verkörperte, der die Zukunft von Ronda aufs Spiel setzte, hing davon ab, wo man selbst stand. Es gab sogar solche, die behaupteten, dass Jonny mit seiner Weigerung, das *Cave* zu verkaufen, nur den Preis hochtreiben wolle, damit mehr für ihn herausschaute. Die nervten Jelscha am meisten.

»Merken die denn nicht, dass der Annen uns alle verarscht?«, fragte sie mich. »Der rächt sich doch für das, was damals geschehen ist. Hetzt uns gegeneinander auf, und am Ende lässt er das Projekt einfach platzen, so wie die Behörden seinen Skaterpark platzen ließen, wirst sehen.«

Wenn sie so redete, klang sie wie Mumma, aber das sagte ich ihr nicht.

Das *Cave* war jeden Abend voll wie nie zuvor. Eine Weile lang erklärte Jonny mit der ihm eigenen gelassenen Ruhe, dass er nicht verkaufen würde, dann wurde es ihm zu blöd und er hängte einen Zettel an die Eingangstür.

Das Cave wird nicht verkauft.
Hier drin wird
weder spekuliert noch gestritten.
Peace, Leute, Peace.

Fast alle hielten sich daran, aber nicht immer klappte es. Wenn es heftig wurde, drehte Jonny den Sound so laut auf, dass man einander nicht mehr verstehen konnte. Manchmal griff er auch zur Gitarre, unterstützt von ein paar Kollegen. Und manchmal sang Jelscha mit.

Ich habe ihre Stimme im Kopf. Voll und etwas kratzig. Perfekt für Rockmusik. Wenn sie auf einer Bühne steht, schauen alle nur auf sie. Mumma behauptet, das sei ihr zu Kopf gestiegen, genau wie ihrer Mutter. Die habe auch nie nach Ronda gepasst. Eingebildet sei sie gewesen, egoistisch und *flatterhaft*. Das ist das, was man sich erzählt. Die Fiktion. Und wahrscheinlich liegt im Erfundenen auch ein ganzes Stück Wahrheit, aber halt nicht die ganze.

Eigentlich passt auch Jelscha nicht nach Ronda. Ich habe sie mal gefragt, ob sie nur bleiben will, damit sie nicht allen recht gibt, die sagen, sie sei genau wie ihre Mutter.

»Habe ich mir auch schon überlegt.«

Mehr hat sie nicht gesagt.

Monate später saßen wir auf dem Stein, auf dem jetzt *Sie wollte dich nicht* steht, und diskutierten, ob es fair von Nirvana war, auf ihrem Album *Nevermind* ein nacktes Baby im Pool zu zeigen. Weil aus dem nackten Baby ein Mann geworden ist, von dem alle Welt weiß, wie seine Geschlechtsteile ausgesehen haben. Jelscha meinte, Schwanz sei Schwanz und das sei doch völlig egal, wenn den alle sehen können. Ich sah das natürlich anders, weil ich mir vorstellte, wie mich alle immer zuerst auf meine privatesten Teile ansprechen. Mitten drin in dieser Diskussion sagte Jelscha: »Ich bleibe nicht aus Trotz. Ich bleibe auch nicht, um zu beweisen, dass ich die Menschen, die ich liebe, nicht im Stich lasse. Mir gefällt es in Ronda. Die Leute hier sind nicht übel. Bei den meisten weißt du, woran du bist, ob im Guten oder Schlechten. Und wo sonst findest du noch Menschen wie den Peider oder solch herrliche Sonderlinge wie den Totenhügel-Toni oder die verrückte Clara?«

»Du hast Peiders Ziegen vergessen«, sagte ich.

Sie lachte. »Wie konnte ich nur?«

»Im Ernst«, redete ich weiter. »Du könntest Rockmusikerin werden. Karriere machen. Auf den Bühnen der Welt spielen.«

»Kann ich doch auch von hier aus.« Sie ratterte die Namen von mindestens zehn Bands runter, die aus den Provinzen dieser Welt kamen. »Außerdem geht's dem Typen bei seiner Klage gar nicht um seinen Schwanz, sondern ums Geld.«

Damit war die Sache für Jelscha erledigt. Die mit dem Nirvana Baby und die mit ihr und Ronda.

Wir sangen beide *Come as you are*. Also, um genau zu sein, sang Jelscha. Ich murmelte leise und undeutlich mit.

»Irgendwann schreibe ich auch mal so einen abgefahrenen Songtext«, sagte sie, und dann redeten wir fast eine Stunde lang darüber, was die Lyrics von *Come as you are* bedeuteten.

»Eigentlich geht es dem Nirvana Baby-Typen ja gut«, meinte Jelscha, als wir schon auf dem Weg zum *Cave* waren. »Immerhin lebt er im Gegensatz zu Kurt Cobain noch.«

Dagegen konnte ich nun wirklich nicht argumentieren. Also ließ ich es.

Dafür denke ich jetzt darüber nach. Über die Lebenden und die Toten. Welche Geheimnisse sie mit ins Grab genommen haben.

Ich will nicht, dass mein Geheimnis ein Geheimnis bleibt. Gleichzeitig habe ich Schiss vor dem Moment, wo es keines mehr sein wird. Noch mehr Schiss habe ich, dass es sowieso längst keines mehr ist. Wieso ist das Leben bloß so kompliziert?

Come as you are

Komm, wie du bist.
Das sagen sie.
Aber dann wollen sie,
dass wir aussehen,
wie sie.

Sei, wie du bist.
Das sagen sie.
Aber dann wollen sie,
dass wir sind,
wie sie uns wollen.

Fuck you all.
Mam war, wie sie war.
Sie ging, wie sie war.
Ich bin, wie ich bin.
Ich komme, wie ich bin.

Elia, mein Freund
Komm, wie du bist.
Sei, wie du bist.
Sei keine Lüge.
Sei die Wahrheit.

Ich will die Wahrheit sein

Sie weiß es. Auch wenn wir nie darüber geredet haben. Jelscha, ich will ja die Wahrheit sein. Aber das ist so unendlich schwierig. Hinter dir konnte ich mich verstecken. Jetzt, wo du weg bist, stehe ich nackt im Wind. Na ja, nicht ganz. Nicht so wie das Nirvana Baby. Ich sitze seit Ewigkeiten auf dieser Bank bei der Brücke und frage mich, was ich tun soll. Ist fast dasselbe, wie nackt im Wind zu stehen.

»Elia ist ein stilles Kind«, hat die Lehrerin am Elternabend gesagt. »Zu still. Und …« Sie hat mich angeschaut und ein wenig entschuldigend gelächelt. »Und auch etwas zu verkopft.«

»Hat er von seinem Vater«, hat Mumma geantwortet und Bab hat verlegen auf den Tisch gestarrt.

»Jelscha tut ihm gut«, sagte die Lehrerin.

Jetzt lächelte Bab. Ganz leicht und leise, aber ich konnte es sehen.

Auf dem Heimweg vom Elternabend war ich glücklich. Es machte nichts, dass mich die Lehrerin verkopft genannt hatte. Das verstand ich zwar nicht so ganz, aber es klang richtig. Wichtig war, dass sie gesagt hatte, Jelscha tue mir gut. Mumma hatte das nicht gerne gehört, aber Bab hatte es gefreut. Und mich auch.

Jetzt ist Jelscha weg, und ich bin ganz alleine dafür verantwortlich, dass es mir gut geht. Das ist schon schwierig genug. Gleich auch noch die Wahrheit zu sein, ist noch eine viel größere Herausforderung.

Es ist nicht so, dass ich mir ein Leben zusammengelogen habe. Ich hatte einfach nicht den Mut, es ganz zu leben. Das konnte nicht einmal Jelscha ändern. Die Unerschrockene. Die Wilde. Die Mutige, die genau das tat, worauf sie Lust hatte und wonach ihr zumute war.

In den Sommerferien tagelang bei Peider und seinen Geißen auf der Alp leben. An regnerischen Nachmittagen in der Motorradgarage von Miguel Maschinen auseinandernehmen und zusammensetzen, egal, ob Mädchen so was tun oder nicht. Sich eine Gitarre umhängen und auf eine Bühne stehen. Über den Mittelstreifen balancieren, selbst bei Nebel.

Ich erfüllte Erwartungen. War der Sohn, den sich meine Eltern wünschten. So, wie Jelscha es in ihrem Song schreibt. Ich war, wie sie mich haben wollten. »Das ist nicht nur ihr Fehler«, hat Jelscha gemeint. »Es liegt an dir, ihnen zu sagen, was du willst und was nicht.«

Ich fand, dass sie gut reden hatte. Aber das stimmte nicht. Mengia war eine strenge Großmutter gewesen. Und Cla konnte ganz schön aufbrausend und rechthaberisch sein. Jelscha bekam ihre Freiheit nicht geschenkt, sie nahm sie sich. Sie war mutig, ich nicht.

Ich sollte Hotelfachmann werden. Zumindest, wenn es nach Mumma ging. Damit ich das Hotel übernehmen konnte. Das letzte, das ich werden wollte, war Hotelfachmann. Das wusste ich. Und dass ich nicht in Ronda bleiben wollte, das wusste ich auch. Ich wusste also nur, was ich nicht wollte.

»Das ist doch ein Anfang«, meinte Jelscha.

»Ja, aber ich brauche eine Fortsetzung«, antwortete ich. »Einen Plan.«

Von all meinen hochfliegenden Plänen war nur ein einziger, erst noch sehr schwammiger übriggeblieben. Eine kaufmännische Ausbildung. Mit Berufsmatura. Nicht, weil ich mich dafür interessierte, sondern weil alle sagten, eine kaufmännische Ausbildung sei eine gute und vernünftige Basis.

»Du bist klug, Elia«, sagte Jelscha. »Du kannst das Gymnasium besuchen und dann studieren.«

»Wenn ich hier weg will, brauche ich Geld«, erwiderte ich. »Für eine Wohnung, fürs Essen, für ... ach, halt für alles.«

Noch während ich sprach, wurde mir bewusst, dass ich

wieder einmal vor mir floh und mir nur die passenden Ausreden dazu zurechtlegte.

»Studentenwohnheim und Jobben«, schlug Jelscha vor.

Ich sagte nichts mehr. Sie hätte das sofort gewagt. Ich nicht.

Und dann kam Harry Youngblood.

Von dem Moment an, als ich ihn das erste Mal sah, wollte ich sein wie er. Vielleicht hatte Jelscha ja recht. Ich könnte aufs Gymnasium gehen und studieren, zum Beispiel Architektur. In meinen Träumen konnte ich plötzlich alles werden und alles sein. Das erzählte ich Jelscha. Sie lachte und rief: »Ja! Und jedes Jahr am Datum des letzten Schultags treffen wir uns in Ronda auf dem Spielplatz, schaukeln in den Himmel und spucken danach in den Fluss.«

Träume waren das eine. Mumma das andere. Sie wollte nichts hören, wischte meine Worte weg wie lästige Fliegen. »Das brauchst du doch alles nicht«, sagte sie. »Du hast hier ein gemachtes Nest.«

»Es ist sein Leben«, versuchte es Bab.

Mumma starrte ihn an, stand auf und verließ den Raum.

»Du kannst dich frei entscheiden«, sagte Bab zu mir.

Später hörte ich Mumma und ihn streiten. Aber Bab blieb dabei. »Lass ihn«, unterbrach er sie, wenn sie mich zu sehr stresste.

»Du kannst ihnen ja erzählen, dass du *Gestalter im Handwerk/BP* werden willst«, meinte Jelscha, als ich ihr davon erzählte, und brach in Gelächter aus.

Diesen Beruf hatte sie im Internet gefunden, als wir in der Schule Ausbildungen suchen mussten, die uns interessieren könnten.

»Voraussetzungen: Abgeschlossene Berufslehre, zwei Jahre Berufserfahrung und dann die Ausbildung. Heiliger Himmel, Elia, da nehme ich die Abkürzung und mache das Gestalten einfach ohne Ausbildung. Ich stelle meine Sachen her und verkaufe sie in meinem eigenen kleinen Laden. Und natürlich richte ich mir einen Online-Shop ein. Wenn das Geld nicht reicht, jobbe ich bei Jonny, mache Musik oder hüte die Geißen von Peider und produziere mit ihm zusammen Alpkäse. Mehr brauche ich nicht.«

Bei Jelscha konnte ich mir sogar vorstellen, dass das funktioniert. Ich kannte niemanden, der so kreativ und handwerklich geschickt war. Jelscha konnte stricken, nähen, zeichnen, schreiben und Musik machen. Und Motorräder auseinandernehmen und wieder zusammensetzen. Sie würde es schaffen. Auch ohne Ausbildung.

»Na ja«, meinte sie. »Eigentlich ist eine Ausbildung schon wichtig. Miguel hat mich gefragt, ob ich bei ihm eine Lehre machen will. Elia, Motorradmechanikerin ist ein richtiger Beruf. Vier Jahre Ausbildungszeit.« Sie lachte. »Aber erst mal nehme ich mir eine Auszeit. Gehe zu Peider auf die Alp, schreibe Songs und nehme sie vielleicht sogar auf. Und im Winter arbeite ich als Snowboardlehrerin.«

All das klang genau nach Jelscha. So war sie.

Und ich …

Ich weiß nicht, wie ich die Wahrheit leben kann. Ich weiß nicht einmal, ob ich mich traue, sie auszusprechen. Vielleicht hilft mir mein Buch weiter.

Wie man dem Wahnsinn entkommt

singen
lachen
auf Mittelstreifen tanzen
Peiders Geißen besuchen
einen Tag mit Elia verbringen

schwimmen
stricken
in den Fluss spucken
Peiders Geißen besuchen
einen Tag mit Elia verbringen

schlafen
träumen
einen Auspuff flicken
Peiders Geißen besuchen
einen Tag mit Elia verbringen

abhauen
loslassen
einen Song schreiben
Peiders Geißen besuchen
einen Tag mit Elia verbringen

Elia
Erinnerst du dich
an den Tag
an dem wir
dem Wahnsinn entkamen

Dem Wahnsinn entkommen

Neben der Frage klebt ein Selfie von mir und Jelscha. Ich kann nicht aufhören, es anzusehen. Wie verwegen wir aussehen. Wie glücklich. Na ja, zumindest Jelscha. Ich gucke ein wenig verwirrt, aber irgendwie auch stolz. Einer der besten Momente in meinem Leben. Wie könnte ich mich nicht daran erinnern? Es hätte auch ein richtig beschissener Tag werden können, denn mit Jonnys Aufstieg zur Kultfigur rückte auch Jelscha in den Fokus der Medien.

Ohne Vater, von der Mutter verlassen.

Junge Frau mit tragischer Vergangenheit.

Die traurigsten Augen von Ronda.

Eine Zeitung ging so weit, öffentlich nach Jelschas Mutter zu suchen und den unbekannten Vater dazu aufzurufen, sich zu seiner Tochter zu bekennen.

»Die spinnen ja«, sagte Jelscha.

Sie ignorierte die Kameras, verweigerte Interviews. Aber in der Schule gab es ein paar, die mit der Presse über Jelscha redeten. Irgendjemand muss die Geschichte erzählt haben, die Jelscha im Kindergarten über ihren Vater erfunden hatte, die mit dem Prinzen und dem bösen König und dem Turm, in dem die Königin gefangen gehalten wurde.

An dem Tag, an dem wir dem Wahnsinn entkamen, lag auf der Theke unserer Rezeption der *Blick*. Von der Frontseite schrie mich die dämlichste Schlagzeile an, die ich bis jetzt gelesen hatte: *Die unglückliche Prinzessin.*

Ich wusste, was in der Schule abgehen würde, und warnte Jelscha vor.

»Lass uns die Geißen auf Peiders Alp besuchen«, meinte sie.

»Jetzt?«

Sie grinste. »Wann denn sonst?«

Und so gingen wir nicht zur Schule, sondern über die Brücke. Dort setzten wir uns auf die Bank und packten um: alle Schulsachen in Jelschas Rucksack, die Pausenbrote und die Getränkeflaschen in meinen. Danach versteckten wir Jelschas Rucksack hinter dem Schrein der Jungfrau Maria und brachen auf.

Kurz vor Schulbeginn rief ich im Schulsekretariat an, denn wenn in Ronda jemand nicht zum Unterricht auftaucht, werden die Eltern kontaktiert. Zur Sicherheit. Könnte ja sein, dass jemand auf dem Weg zur Schule in den steilen Hängen ausgerutscht ist oder mit dem Fahrrad oder Mofa einen Unfall gebaut hat und verletzt in einer Schlucht liegt. Während es klingelte, überlegte ich mir eine Ausrede. Es klickte, Hilda Seger vom Schulsekretariat meldete sich. Ich öffnete den Mund, doch Jelscha war schneller.

»Wir machen heute blau«, erklärte sie. »Weil uns das alles zu blöd wird, also, nicht die Schule, aber der ganze Presserummel. Ah ja, Hilda, *wir*, das sind Elia und Jelscha von der dritten Oberstufe.«

Sie drückte Hilda weg, bevor die auch nur einen Piep sagen konnte. Dann machte sie noch ein Selfie von uns und gab mir mein Handy zurück.

Später, nachdem ich zur Strafe fürs Schulschwänzen die Hotelküche blitzblank sauber geputzt hatte und müde im Bett lag, schickte ich es Jelscha.

Das Selfie ist etwas verschwommen, weil Jelscha einfach abgedrückt hat, ohne mich vorzuwarnen. Aber man sieht auch so, wie glücklich wir waren. Es gab kein Gestern und kein Morgen. Nur diesen einen Tag. Und der war gut. Obwohl wir außer Schule schwänzen gar nicht so viel unternahmen. Wir lagen im Gras, hörten dem Klingeln der Geißenglocken zu, starrten in den Himmel und erfanden Geschichten zu den Wolken, die in allen möglichen Formen über uns hinwegglitten. Wir tranken frisches Brunnenwasser und aßen selbstgemachtes Brot und Geißkäse von Peider.

Ich weiß nicht, ob ich das ohne Jelscha kann: mich aus allem ausklinken und einfach nur den Augenblick leben. Bei mir drehen sich immer irgendwelche Gedanken im Kopf, sie kreisen um ein Problem und spielen es in tausend Varianten durch. Aber am Ende warten nur lauwarme Lösungen. Solche, die ich nicht will. Und schon drehen die Gedanken weiter. Manchmal komme ich mir vor wie ein überhitzter Motor, manchmal auch wie ein abgewürgter.

Ich konzentriere mich auf das Selfie. Tauche darin ein. Höre uns übermütig lachen. Fühle mich noch einmal mutig und frei.

»Du bist mutig und frei«, sagt Jelscha in meinem Kopf. »Und du kannst für dich entscheiden, wer du sein willst.«

Während ich ihren Worten lausche, wird mir klar, was sie damit andeutete. Damals dachte ich, es ginge um meine Lehre.

Ich wünsche mir so sehr, sie wäre jetzt hier. Aber sie kann weder für mich mutig sein noch für mich entscheiden. Das muss ich schon selbst.

Ich stehe auf und gehe zur Brücke. »Ich habe Angst«, sage ich. Und dann spucke ich sie runter, diese Angst. Der Bach schluckt sie, spült sie weg. Natürlich ist die Angst trotzdem noch da. Weil Angst immer da ist. Aber es ist ein

Unterschied, ob du dich von ihr lähmen lässt, oder ob du entscheidest, sie als Teil von dir zu akzeptieren. Jelscha hat sie akzeptiert. Manchmal auch in Wut umgewandelt.

Ich bin eher der Schlucker. Ich schlucke Dinge runter, bis sie viel zu schwer in mir liegen. Damit ist jetzt Schluss. Deshalb spucke ich gleich noch mal. Weil ich nicht mehr alles schlucken will.

Auf der Bank wartet Jelschas Buch. Bevor ich mich wieder setze, gehe ich zu Maria rüber. Ich ziehe Großvaters Uhr aus und lege sie neben die Statue, denn zum Freisein gehört das Loslassen. Der Spruch ist von Turi, wahrscheinlich geklaut aus einem dieser Kataloge mit ausgelutschten Lebensweisheiten. Aber ganz ehrlich: Er hat was. Als ich mich hinsetze und Jelschas Buch in die Hände nehme, fühlt sich nicht nur mein Arm leichter an. Ich streiche über den Umschlag, wie Sepp es getan hat, und entscheide, noch ein Weilchen mit dem Weiterlesen zu warten.

Meine Gedanken wandern zurück an den Tag nach unserem Ausflug zu Peiders Geißen. Ich kam in die Küche runter und da lag neben den Boulevardblättern unsere Lokalzeitung. So was gibt es ja heute kaum noch. Dass wir eine haben, liegt an Viktoria Berger, einer Zürcherin, die vor ein paar Jahren nach Ronda gezogen ist. Sie hat an einer Gemeindeversammlung den Vorschlag gemacht, unser serbelndes Käseblatt zu übernehmen und ihm neues Leben einzuhauchen. Die Diskussion dauerte fast zwei Stunden und das Resultat fiel sehr knapp zu Gunsten *der Zürcherin* aus. Mittlerweile sind sich fast alle einig, dass Viktoria ein Glücksfall für unser Dorf ist. Sie hält sich an Fakten, lässt die verschiedensten Meinungen zu und hasst reißerische Schlagzeilen. An jenem Tag machte sie eine Ausnahme.

ES REICHT stand in dicken, fetten Buchstaben auf der ersten Seite. Im Artikel dazu schrieb sie Klartext. Sie rechnete mit Journalisten ab, die nur auf Klicks aus waren, aber auch mit Menschen aus Ronda, die die Gerüchteküche befeuerten und damit ihre Mitmenschen verletzten.

Hast du die Zeitung gelesen, textete ich Jelscha. *Ich meine, die richtige.*

Die, die Jonny auch abonniert hatte.

Sie schickte mir ein Smiley zurück.

In der Schule mussten Jelscha und ich zur Schulleiterin. Auf ihrem Schreibtisch lag die Lokalzeitung.

»Wir haben das gestern geklärt«, sagte Frau Walser

und deutete auf den Artikel. »Nun hoffen wir, dass wieder Ruhe einkehrt. Auf allen Seiten.«

Zu meiner Überraschung nahm Jelscha die Bemerkung unerwidert hin.

Natürlich kehrte im Dorf keine Ruhe ein, aber die Leute achteten darauf, mit wem sie sprachen. Dass wir aus den nationalen Medien verschwanden, hatte andere Gründe. Solange wir uns im Dorf nicht gegenseitig an die Gurgel gingen und Annen kein Baugesuch einreichte, waren wir schlicht keine weiteren Schlagzeilen mehr wert.

Was ist schon

fühlst dich klein
sehnst dich groß
möchtest schreiten
gehst gebückt

aber was ist schon klein
und was ist schon groß

glaubst dich arm
hoffst dich reich
möchtest scheinen
fühlst dich matt

aber was ist schon arm
und was ist schon reich

fühlst dich schwach
wärst gern stark
möchtest kämpfen
weißt nicht wie

aber was ist schon schwach
und was ist schon stark

fühlst dich schlecht
wärst gern gut
möchtest mehr sein
aber auch nicht

lass es sein, es ist gut
lass es sein, du bist gut

Kenne deinen Platz

Ja schon, denke ich, nur reicht *gut* halt nicht immer. Es mag das Perfekte nicht geben, aber ich war viel zu weit davon entfernt. Deshalb faszinierten mich die Annens so sehr. Sie kamen meiner Vorstellung von *perfekt* sehr nahe.

»Die kochen auch nur mit Wasser«, kommentierte Mumma letzten Sommer die Aufnahmen der Familie, die über den Bildschirm liefen.

»Ich glaube nicht, dass die selber kochen«, meinte Bab trocken.

Ich erinnere mich, wie ich heimlich grinste, denn Bab sagt selten etwas. Später, als ich längst im Bett lag und immer noch diese schönen Menschen vor mir sah, die alles hatten, wurde mir bewusst, wie treffsicher mein Vater mitten in Mummas Neid getroffen hatte. Und auch in meinen.

Ihren zweiten Besuch in Ronda kündigten die Annens nicht an, weder bei der Presse noch im Dorf. Anfang Oktober, kurz vor dem ersten Herbstkonzert im *Cave*, waren sie einfach da. Sie spazierten durch Ronda, als ob sie schon immer hier gewesen wären. Sie kauften im Dorfladen ein und verrieten Erna, dass sie privat hier seien. Wenig später wusste das ganze Dorf Bescheid. Auch, dass sie im Hotel *Talgrund* wohnten, das nun ihnen gehörte. Ich versuchte mir vorzustellen, wie eine Familie, die nur die besten Unterkünfte gewohnt war, sich in einem solch miefig-spießigen Hotel wohl fühlen musste und fragte mich, warum sie nicht wenigstens ins Chalet zogen. Wahrscheinlich sahen sie es als eine Art Abenteuerferien an. Und ganz bestimmt lachten sie über die Bilder an der Wand, die Gardinen mit rot-weißem Karomuster, die Holzbetten, die sehr alt waren, aber zu wenig alt, um als antik durchzugehen. Wenn sie über all diese Dinge lachten, dann lachten sie auch über unsere *Alpenrose*, denn bei uns sah es fast genauso aus. Mir fiel ein Satz ein, der bei der Präsentation des *Mountain Nature Resort* in London gefallen war: »Solche Hoteliers haben es verpasst, mit der Zeit zu gehen.«

Solche Hoteliers waren meine Eltern. Sie hatten zu lange am Alten festgehalten und als sie merkten, dass Neues, Frisches gefragt war, fehlte ihnen längst das Geld für Investitionen.

Ich erinnere mich, wie Mumma ihre Schwester Anna auf ihrem Hof besuchte, die einzige von Mummas Schwestern, die noch in Ronda lebt. *Zu Kreuze kriechen* hatte sie es genannt. Dabei schuldete ihr Anna doch was! Dafür, dass Mumma das Hotel übernommen hatte.

Anna hatte einen Bauern aus dem Dorf geheiratet, den Corsin. Als die Gemeinde ein großes Stück seines Landwirtschaftslandes in Bauland umzonte, wurden Corsin und Anna auf einen Schlag steinreich. Ohne etwas dafür getan zu haben. Einfach, indem ihr Land plötzlich sehr viel mehr wert war. Sie verkauften es, und heute stehen teure Zweitwohnungen darauf.

Solche wie Anna und Corsin gibt es einige in Ronda. Da saßen dann Menschen, die vorher kaum gewusst hatten, mit welchem Geld sie Schuhe und Essen kaufen sollten, in der Kirche plötzlich mit aufrechtem Rücken bei den Gewinnern. So auch Anna und Corsin.

Mumma versuchte es zuerst bei der Bank. Dort senkte der harleyfahrende Clemens Hüberli den Daumen, obwohl er und Mumma einst zusammen in der gleichen Klasse gesessen hatten. Risiko sei Risiko, meinte Harley-Hüberli, da könne man nichts machen. Mumma fuhr in die Stadt, aber dort sagte man ihr dasselbe. Es blieben Anna und Corsin.

Mumma hat nie erzählt, warum sie von ihnen kein Darlehen bekommen hat, weder zinslos noch mit Zins. Aber danach gruben sich die Falten noch tiefer in ihre Mundwinkel und sie wurde noch trotziger. Als sie einsah, dass sie nichts ändern konnte, erhob sie das unfreiwillige

Festhalten am Verstaubten zur gewollten Strategie und verkaufte es als *traditionell* und *heimelig*. Englische Marketingwörter waren ihr ein Gräuel, sonst hätte sie es wohl *Swissness* genannt.

Wenn Mumma durchs Dorf geht, geht sie anders als die Annens. Etwas zu gezwungen und steif aufrecht, ohne jede Lockerheit, so, als müsste sie ständig jemandem etwas beweisen.

»Ich kenne meinen Platz«, sagt sie immer.

Von Ladina und mir hat sie auch erwartet, dass wir unseren Platz kennen. Das ist der Grund, weshalb Ladina weg ist. Ich rede mir ein, dass es bei mir komplizierter ist. Ich biege mir Gründe zurecht. Aber ich fürchte, dass ich tief in mir drin bin wie Mumma. Nur feiger. Ich kenne meinen Platz in Ronda und möchte, dass es ein anderer wäre. Er müsste nicht perfekt sein. Aber besser. Und ehrlicher. Vor allem einfach weit weg von hier.

Auf Jelschas Buch fallen Tropfen. Obwohl der Himmel über mir blau ist. Ich merke, dass ich weine, dabei habe ich vor ein paar Minuten doch noch in den Fluss gespuckt, weil ich nicht mehr alles schlucken will. Was für eine Memme ich doch bin.

»Bleib hier!«, schreie ich.

Ich meine den Mut. Aber als ich schreie, merke ich, dass ich auch Jelscha meine. Verdammt, Jelscha. Du kannst nicht einfach weggehen. Ich habe dir doch mein Geheimnis noch nicht anvertraut. Du hättest die Erste sein sollen, sein müssen. Das hätte es leichter gemacht.

Meine Schuld. Ich habe zu lange gewartet. Weil ich dachte, dass Jelscha für immer hierbleiben würde und ich noch ganz viel Zeit hätte.

Ich kann das nicht, texte ich ihr.

Doch, textet sie zurück. *Du kannst das. Alles.*

Ich sehe Mumma vor mir, wie sie den Kopf schüttelt und mir zuraunt: »Kenne deinen Platz, Elia.«

Vorsichtig fahre ich über das gewellte Papier. Dann rücke ich auf die andere Seite der Bank.

Ich schaue dorthin, wo ich vorher saß. »Siehst du«, sage ich zu mir. »Du kannst den Platz wechseln.«

Ich höre Jelscha lachen. Irgendwo auf ihrem Mittelstreifen. Vielleicht kann ich es doch. Das mit dem Platz wechseln und ich sein.

Red Dress

(Elia, stöpsle die Kopfhörer ein und hör dir den Song an. In der richtigen Version.)

Die richtige Version. Der Titel heißt nicht *Red Dress,* sondern *Summertime Sadness*, und die richtige Version ist für Jelscha nicht das Original, sondern das Cover von *Within Temptation*, wobei sie die von Miley Cyrus auch nicht schlecht findet.

Wenn Jelscha den Song singt, ändert sie den Text so, dass das mit dem Bad Boy raus ist.

»So einen will ich nicht und brauch ich nicht«, hat sie immer gesagt. Trotzdem liebt sie den Song. Und es stimmt; Wenn Jelscha ihn singt, ist er großartig.

Egal, wie schäbig und klein die Bühne war, auf der sie ihn sang – wenn sie da vorne stand, in ihrem roten Kleid und ihren Bikerboots, die Gitarre umgehängt, dann strahlte sie heller als jeder Stern je strahlen würde. Und wenn sie sang, dass ihr nichts mehr Angst machte, dann hatte man das Gefühl, alles sei möglich.

Ich ziehe mein Handy aus der Hosentasche, stöpsle mir die Kopfhörer ein, suche den Song, fahre die Lautstärke hoch und drücke auf Play.

Red Dress

flash
crash
und plötzlich macht mir
alles Angst

flash
crash
ich will dich nicht
ich will dich doch

flash
crash
aber doch nicht ich
ich doch nicht

flash
crash
ich fühl das Leben
stark wie nie

flash
crash
ich versteh es nicht
fühl es nur

flash
crash
plötzlich macht mir
nichts mehr Angst

Das Konzert

Nach dem Medienrummel um Jonny wollte plötzlich die halbe Welt Tickets für das erste Konzert im Herbst. Im *Cave* war Platz für höchstens achtzig Gäste. Auf dem Grundstück hinter dem *Cave* für zweihundert. Das hatte bisher fast immer gereicht.

Turi, der das große Geschäft witterte, schlug den Parkplatz bei der Talstation der Seilbahn vor. Luzi Tüscher, Bauer und Gemeinderat, bot seine größte Wiese an. Und wenn es regne, so meinten sie, könne man das Konzert in die Mehrzweckhalle verlegen. So könne Jonny noch einmal richtig Kohle machen, bevor er das *Cave* verkaufe.

Jonny lehnte ab. Das Grundstück hinter dem Haus sei genau richtig. Er verschenkte die limitierten Tickets an seine Stammgäste und die *Cave* Nachbarn, was bei all jenen im Dorf für Unmut sorgte, die bis jetzt noch an keinem seiner Konzerte gewesen waren und nun leer ausgingen. Zum Beispiel Clemens Hüberli, der jedes einzelne von Jonnys Kreditgesuchen für die Renovierung des *Caves* abgelehnt hatte.

»Der hat's wohl nicht mehr nötig«, sagten sie. Es waren dieselben, die hinter Jonnys Rücken Wetten abgeschlossen hatten, wie lange es noch dauerte, bis er pleite war.

»Toller Typ«, fanden alle anderen. »Der macht's genau richtig. Rock 'n' Roll halt.«

Am Tag des Konzerts war die Luft glasklar und kühl. Ein Hauch von Revolution hing über Ronda. Jelscha und ich halfen beim Aufbau der Bühne. Nichts Großes, die Bands würden knapp darauf Platz haben, aber größer als die Bühne im *Cave* drin war sie allemal.

Vor dem Mittag spazierte Conradin Annen mit seinen Söhnen über den Platz. Ich bemerkte, wie sie zu uns herübersahen, heute gar nicht so sehr anders gekleidet als ich, aber immer noch um Meilen besser aussehend.

Sie kamen auf uns zu. Ich wusste nicht, wohin mit meinen Händen oder wie ich mein heißes, rotes Gesicht verbergen sollte.

»Hey«, begrüßte uns der ältere der beiden. »Ich bin Vincent, kurz Vince, und das ist mein Bruder Laurin. Könnt ihr Hilfe gebrauchen?«

»Aber klar doch«, antwortete Jelscha. »Sagt eurem Vater, er kann sich sein Projekt irgendwohin stecken.«

Vincent grinste, Laurin schaute verlegen weg. Mein Blick blieb an ihm hängen. Dunkle, leicht gewellte Haare wie sein Bruder, aber etwas länger, dichte Wimpern, eine perfekt geformte, gerade Nase, ein Mund …

Was tat ich da? Mir wurde noch heißer, diesmal vor Scham. Laurin schien es nicht zu bemerken, denn seine ganze Aufmerksamkeit galt Jelscha. Die Art, wie er sie ansah, verriet mir, dass es ihm ging wie mir als kleinem Knirps auf dem Spielplatz. Er liebte sie, vom ersten Moment an.

Mich überrollten die Gefühle. Es war, als würde ich etwas Kostbares verlieren, als wäre nach diesem Moment nichts mehr, wie es bis jetzt gewesen war. Der Schmerz, der dieser Gewissheit folgte, zog mir beinahe den Boden unter den Füßen weg. Ich zwang meine Aufmerksamkeit von Laurin weg, hin zu seinem Bruder, der locker grinsend neben uns stand und Jelscha ansah, als wolle er sie an Ort und Stelle ausziehen. Jede Faser seines Körpers strahlte aus, dass er sicher war, sie zu bekommen.

»Das kannst du Dad selber sagen.« Er steckte seine Hände in die Hosentaschen, sein Grinsen wurde noch etwas breiter. »Hast du heute Abend schon was vor, ich meine, nach dem Konzert?«

Ich erwartete eine gepfefferte Antwort, aber Jelscha schien irgendwie keine Lust darauf zu haben. Schlimmer noch. Sie musterte diesen Idioten schamlos von oben bis unten. Und dann sagte sie doch noch was. »Schade.«

Was schade war, erklärte sie nicht.

Ich wandte mich ab und ging zum Lieferwagen, in dem

sich die Bühnenelemente aus der Mehrzweckhalle befanden.

Mit gesenktem Kopf beobachtete ich, wie Annen aus dem *Cave* trat und etwas in die Höhe hielt. Und ich hörte, wie Vincent sagte: »Na, dann sehen wir uns wohl heute Abend beim Konzert.«

Ich hatte keine Ahnung, was da gerade ablief. Jelscha ließ sich plump anmachen, Jonny verschenkte Tickets an seinen Erzfeind und dann war da noch Laurin. Mein Kopf produzierte verstörende Bilder, in meiner Brust wurde es eng. Zu eng.

Ich hatte Jelscha noch nie im Stich gelassen, doch an jenem Tag gab ich vor, Mumma helfen zu müssen und stahl mich davon. Das mit Mumma war nur eine halbe Lüge. Sie brauchte meine Hilfe wirklich, aber erst später am Tag.

In unserem Hotel waren wegen des Konzerts sämtliche Zimmer belegt. Nun fehlte Mumma das Personal, weil sie fast alle entlassen hatte. Ich war ihr Springer, ihr Junge für alles. Meistens war das ein völlig lockerer Job bei den wenigen Gästen.

In mir brodelte es so sehr, dass ich das Gefühl hatte, unter Strom zu stehen. Ich konnte keine Minute stillstehen, mich hinsetzen schon gar nicht. Was immer in mir drin war, es wollte raus. Ich half in der Küche, beim Vorbereiten des Speisesaals, im Service, trug Gepäck in die Zimmer, rannte in den Weinkeller und zurück, doch das Kribbeln blieb.

»Nun geh schon«, sagte Mumma, nachdem die letzten Gäste ans Konzert aufgebrochen waren. »Das hast du dir verdient.«

Ich wollte nicht und ich wollte doch. Verkroch mich in mein Zimmer und hielt es dort nicht aus. Irgendwann hörte ich auf, darüber nachzudenken, was mit mir los war. Ich zog mich so cool an, wie es mir mit meinen Klamotten möglich war. Drei Mal zog ich mich wieder um, weil mir mein Spiegelbild jämmerlich vorkam. Beim vierten Mal schaute ich nicht mehr in den Spiegel. Ich redete mir ein, dass es unwichtig sei, wie ich aussah. Was natürlich nicht stimmte. Mit klopfendem Herzen machte ich mich auf den Weg. Ich kam zu spät. Als ich beim *Cave* eintraf, hatte ich die Vorband verpasst und der Hauptact spielte bereits.

Noch nie hatte ich so viele Menschen an einem *Cave*-Konzert gesehen. Jene mit den Tickets feierten die Band mit lautem Mitsingen auf dem Grundstück hinter dem *Cave*, die anderen hatten sich in den Vorgärten und auf den Wiesen daneben eingerichtet.

Ich bahnte mir den Weg durch die Menschen. Als mich jemand an der Schulter packte und zurückhielt, um mich zu fragen, warum die Annens unter den Konzertbesuchern waren, riss ich mich schweigend los. Je näher ich der Bühne kam, desto dichter wurde die Menschenmenge. Irgendwann steckte ich fest, und es war tatsächlich egal, wie ich aussah, denn rund um mich herum tobte eine schwitzende Menge. Ich ließ mich mitreißen, gab mich der Musik hin. Es war harter, lauter Rock, aber von der Sorte, bei der man die Refrains mitsingen kann. Ich hielt meine Arme in die Höhe wie die Leute um mich herum, ich hüpfte mit, ich schüttelte meinen Kopf und meinen Körper frei. Ich grölte mit, wenn die anderen grölten, ich brüllte Mumma weg und das Hotel. Aber etwas blieb in mir drin. Etwas, das ich nicht verstand.

Nach dem letzten Song lichteten sich die Reihen. Ich schlug mich zum Tresen durch, wo Jelscha Getränke verkaufte.

»Wir könnten Hilfe gebrauchen«, sagte sie und warf mir einen zweiten Blick zu. »Cooles Outfit.«

Ich stellte mich zu ihr hin, nahm Bestellungen entgegen und händigte Getränke aus. Die meisten der Leute kannte ich nicht. Ein paar waren aus dem Dorf. Und dann schaute ich plötzlich in ein Gesicht, das ich von der Kinoleinwand her kannte. Lina Jasper war in echt noch schöner als im Film, auch wenn ihre Frisur ziemlich zerzaust aussah und ihr Augenmakeup leicht verschmiert war. Ich hatte nicht gehört, was sie wollte. Sie musste es wiederholen. Ich entschuldigte mich. Sie lachte. Auf eine nette Art. Ich schaffte es irgendwie, ihr das richtige Getränk in die Hände zu drücken und weiter zu funktionieren.

Später am Abend jammten auf der Bühne Musiker der Vorband und des Hauptacts, mitten unter ihnen auch Jonny. Dazu irgendwelche Leute, die ein Instrument spielen konnten. Jemand rief nach Jelscha, dann noch jemand. Und dann betrat sie die Bühne in ihrem schlichten roten Hängekleid, an den Füßen schwere Boots. Jonny sagte etwas, die ersten Töne von *Summertime Sadness* erklangen und Jelscha begann zu singen, das Lied von der jungen Frau im roten Kleid, die vor nichts mehr Angst hat.

Am Anfang redeten noch ein paar, doch sie verstummten schnell.

Ich habe den Song in den Ohren, auf Dauerwiederholung. Obwohl Jelscha keine Bilder von jenem Abend ins Buch geklebt hat, sehe ich alles vor mir. Jelscha in ihrem roten Kleid. Vince, der seine Augen nicht von ihr nehmen kann. Laurin, der sie anschaut, als hätte er eine Heimat gefunden. Lina Jasper, deren Blick sich nachdenklich im Leeren verliert. Und mittendrin Annen, der mit verschränkten Armen dasteht und das Geschehen beobachtet.

Ich denke an Freiheit und Küsse und Loslassen und Angst und sehe mich, wie ich irgendwann aufstehe und auf dem Mittelstreifen wie auf einem Hochseil zur Post balanciere, links und rechts von mir der Abgrund. Ich sehe mich, wie sich nach dem letzten Strich ein Loch im Boden und in meiner Seele auftut und ich trotzdem irgendwie nach Hause komme.

Dort hat Mumma auf mich gewartet. Aber dann hat sie mich nur angeschaut, genickt, als hätte sie etwas bestätigt bekommen, ist aufgestanden und schlafen gegangen. Ich blieb die ganze Nacht wach. Trotzdem träumte ich. Mit offenen Augen und wild klopfendem Herzen.

Jetzt ist Jelscha weggefahren. Ich stelle mir vor, wie sie furchtlos neben Jonny sitzt und in ihre Zukunft braust. Fast wie im Song. Nur das rote Kleid trägt sie nicht, denn das gibt es nicht mehr.

Wegdriften

(KEIN SONG, KEIN GEDICHT, EIN VERSUCH)

Das Vergessen ist
ein stiller Freund
ein leiser Feind
ein brutaler Dieb

Das Vergessen ist
ein La d ohne Zeit
ein Land ohne Raum
wo Echos verh llen

Das Verg sen führt
In die Fremde
Zum Ver auten
Oder auch nicht

Alles ist anders
Und ir dwie gleich
Du bist nicht du
Wir   nicht wir

Du verlierst dich
Im L das war
Du veri t dich
Im Leben das ist

A ist löchrig
Dein Hirn de
A g weg
Ver

Der richtige Zeitpunkt

Niemand weiß genau, wann Clas Kopf aufhörte, richtig zu funktionieren. Wahrscheinlich sehr lange, bevor wir es bewusst wahrnahmen. Erst im Nachhinein erkannten wir all die kleinen Zeichen. Als wir endlich zu ahnen begannen, was mit ihm los ist, haben Jelscha und ich auf YouTube Dokumentationen über Alzheimer angeschaut. In einer davon saßen alte Leute in einem Raum im Altersheim, auf genau denselben Sitzbänken wie in einem Zug. Dort, wo die Fenster sind, laufen Aufnahmen, die aus einem Zugfenster gemacht wurden. Die Leute sehen sehr glücklich aus. Als würden sie wirklich eine Reise machen. Einmal haben sie auch alte Lieder gesungen. Ihr Hirn konnte sich an die Texte erinnern.

»Ich kann mir nicht vorstellen, dass Cla auch mal so wird«, sagte Jelscha. »Willst du wissen, was ich denke?«

Klar wollte ich das. Ich nickte.

»Der macht es sich leicht. Schleicht sich einfach davon in eine andere Welt.«

Ich denke eine Weile übers Davonschleichen in andere Welten nach. Die verrückte Clara zum Beispiel, die kommt kaum mehr ins Dorf, und wenn sie mal hier ist, redet sie von Wesen, die es nur in ihrer Einbildung gibt. Mein Großvater hat sich davongesoffen. Und der Tobel-Jori, der hat sich aufgehängt, als ihm alles zu viel wurde. Er hätte auch einfach gehen können, weg von hier, aber wahrscheinlich war er zu müde oder er konnte sich nicht vorstellen, dass es anderswo auch ein Leben für ihn geben könnte, oder er hatte Angst davor. Ich fürchte, darin bin ich ihm gar nicht so unähnlich.

Und dann gibt es die wie Luca. Für den ist alles klar. Er will Schreiner werden. In ein paar Jahren wird er heiraten und wenn die Zeit kommt, wird er den Betrieb seines Vaters übernehmen. Auch ein paar andere aus meiner Klasse haben sich eine Lehrstelle gesucht und bleiben hier. Sofia weiß bereits jetzt, dass sie später mal ein Kosmetikstudio eröffnen wird. Sie findet Annens Luxusresort richtig gut, plant sogar schon, dort zu arbeiten.

Es gibt auch noch jene, die gerne bleiben würden, aber hier keine Arbeit finden. Viele von ihnen kommen fast jedes Wochenende nach Ronda. Während der Pandemie und danach sind sogar neue Leute hierhergezogen; einige sind noch da und bauen sich hier was auf. Verwirklichen ihre Träume, entweder völlig alternativ mit Produkten, die sie selbst herstellen und verkaufen. Oder sie arbeiten dasselbe wie immer, jetzt einfach im Home-Office, oder sie gründen ein Start-up, und ein paarmal im Monat fahren sie in die Stadt zu Meetings. Sie sehen in Annens Projekt eine Chance, genau wie ein paar von jenen, die gegangen sind und jetzt davon reden, wieder zurückzukommen.

Mir fällt ein, dass ich vergessen habe, Jelscha zu fragen, ob Jonny sein *Cave* verkauft hat. Ich habe noch mehr vergessen zu fragen. Das mit meinem Geheimnis ist eine andere Sache. Das habe ich nicht vergessen, das habe ich mich nicht zu sagen getraut, weil ich Angst hatte. Vor Jelscha? Ich glaube nicht. Ich glaube, ich hatte Angst, es auszusprechen. Aus mir rauszulassen. Denn wenn es einmal draußen ist, kann man es nicht zurückholen.

Ich habe keine Ahnung, was schlimmer ist. Ein Geheimnis nicht mehr zurückholen zu können oder es erst gar nie rauszulassen.

Vielleicht ist das der Grund, warum Großvater Cla sich davongeschlichen hat. Weil er das Geheimnis um Jelschas Mutter nie aus sich rausgelassen hat. Bis es zu spät war. Vielleicht hätte er es nach dem Tod von Großmutter Mengia tun sollen. Aber es ist so leicht, den richtigen Zeitpunkt zu verpassen. Und vielleicht ist es ja so, dass es den richtigen Zeitpunkt für manche Dinge gar nicht gibt. Mit Jelscha habe ich ihn verpasst.

Ich fühle mich wie ein abstürzendes Flugzeug, das in einer Spirale nach unten trudelt. Ich will nicht crashen. Aber ich will auch nicht den Steuerknüppel hochziehen und in meine gewohnte Flugbahn zurück. Ich will mich nicht selbst verlieren wie Großvater Cla. Da sein und trotzdem immer weniger ich werden.

Jelscha, was soll ich tun?

Erst mal blättern, sagt sie.

Also blättere ich und starre auf die neue Seite. Nicht einmal Jelscha kann gewusst oder auch nur geahnt haben, was ich jetzt, genau in diesem Moment, fühle.

Sturm

Dunkel und düster zerrt er an dir
Wirbelt dich hoch und schleudert dich
weg
In die Hölle der Angst, den Himmel des

Zorns

Regen, Donner, Blitze ins Herz
Kein Unten, kein Oben, nur du und die
Welt

Im Auge des Sturms, da findest du dich
Im Innern der Hülle, da ist Stille und

Licht

Winde und Böen rütteln dich wach
Tragen dich weit und spucken dich aus
In die Schlunde der Furcht, die Wellen
der

Wut

Regen, Donner, Blitze ins Herz
Kein Vor, kein Zurück, nur du und der

Schmerz

Reite den Sturm, halte ihn aus
Gib ihm nicht nach, gib dich nicht auf

Im Auge des Sturms, da findest du dich
Im Innern der Hülle ist Stille und Licht

Waffenstillstand

Stürme in den Bergen sieht man meistens kommen. Sie brauen sich zusammen, bauen sich auf. Manchmal langsam, manchmal schnell. Der Annensturm traf uns unvorbereitet und ungeschützt. Ich verstand nicht, wieso sich Jelscha auf Vince einließ, wo sie doch Laurin hätte haben können. Ich wollte nicht verstehen, was Laurin in mir auslöste.

Während rundum alle durchdrehten oder sich verloren, blieb Jonny die Ruhe selbst. Und vor allem hartnäckig.

»Ich verkaufe nicht«, stellte er zum gefühlt millionsten Mal klar, nachdem er gefragt wurde, warum er den Annens Tickets fürs Konzert gegeben hatte. »Die Annens sind Anwohner und sie haben wie alle anderen direkten Anwohner Tickets bekommen.«

»Ich bin zuversichtlich, dass Jonny und ich uns einig werden«, sagte Annen in einem Interview.

»Schön für ihn«, war alles, was man Jonny dazu entlocken konnte.

Nach dem Konzert kamen die Annens regelmäßig nach Ronda. Am Anfang war das jedes Mal eine Sensation, aber ich glaube, berühmte Menschen sind es gewohnt, belagert und verfolgt zu werden. Die Annens taten einfach, als seien all die Journalisten nicht da. Gingen an ihnen vorbei, zwischen ihnen hindurch. Es gab Medien, die das Thema fallen ließen, und dann gab es jene, die einfach aus allem eine Story machten.

Mit der Zeit gewöhnten sich auch die meisten im Dorf daran, dass Annen und seine Familie hier waren. Ab und zu rief ihm noch einer eine Frage nach; die Mutigeren stellten sich ihm in den Weg und fragten, wie er sich das alles vorstelle. Im Gegensatz zu den Journalisten bekamen sie eine Antwort. Freundlich, bestimmt und nichtssagend: »Das werden wir sehen.«

Das trug nicht dazu bei, den Streit zu beenden, der uns entzweite und sich manchmal an einer Kleinigkeit entzündete. Aber in einem Dorf wie unserem ist man aufeinander angewiesen. Und so spachtelten wir die offenen Risse zu, doch jeder wusste, dass sie da waren und es nicht viel brauchte, sie aufbrechen zu lassen. Wir befanden uns in einem Waffenstillstand, der jederzeit gebrochen werden konnte.

Je länger Annen mit dem Baugesuch wartete, desto schwächer wurde der Sturm an der Oberfläche. Vielleicht reichte es Annen ja, uns zu zeigen, dass er uns in der Hand hatte. Vielleicht genoss er es, uns zappeln zu sehen.

»Was hast du damals getan, als Conradin seinen Skaterpark bauen wollte?«, fragte ich Mumma.

»Unsere Familie hat sich rausgehalten«, antwortete sie.

Natürlich, denke ich.

Und dann: Was hätte ich denn getan? Bin ich etwa besser als sie? Bin ich nicht. Ich würde nie wie Jelscha an einer Versammlung aufstehen und klare Kante zeigen. Ich kann Mumma also nicht vorwerfen, dass sie damals nichts gesagt und nichts getan hat.

Während wir alle noch lernten, mit dem Annen-Sturm umzugehen, kündigte sich bereits der nächste an, und wieder stand Jelscha mitten drin.

Sie erzählte mir, dass Großvater Cla immer häufiger von der Vergangenheit redete, als wäre sie jetzt.

An einem der ersten Herbsttage saßen Jelscha und Cla draußen vor dem *Cave*, als er sie plötzlich ansah und mit dem Finger auf sie deutete. »Du hast dir das eingebrockt, du wirst diesen Balg austragen, so will es die Natur«, murmelte er, drehte sich um und verschwand in den Wald. Stunden später kam er zurück und behauptete, sich an nichts erinnern zu können.

»Ich denke, für ihn war das in diesem Moment wirklich so«, meinte Jelscha zu mir. »Während er mit mir geredet hat, schien er weit weg. Er hat nicht mich gesehen, sondern meine Mutter.«

Wie konnte sie so ruhig bleiben? So unbeteiligt? Ich schielte zu ihr hinüber. Sie sah aus, als würde sie jeden Augenblick auseinanderfallen.

Cla konnte stur sein und seine Wortwahl war oft unbeholfen oder rau, aber er hätte niemals so mit Jelscha geredet, wenn sein Kopf noch richtig funktioniert hätte.

»Weißt du«, sagte Jelscha, »ich habe irgendwo gelesen, dass besonders aggressive Formen von Alzheimer manche Menschen böse werden lassen. Vielleicht hat er das nur zu mir so harsch gesagt und nicht zu meiner Mutter.« Sie saß eine Weile still da. »Ich hoffe, dass er das nie zu meiner Mutter gesagt hat.«

Aber er hatte es zu Jelscha gesagt. Rau und direkt hatte er ihr zu verstehen gegeben, dass sie nicht gewollt war. Eine schlimmere Zurückweisung gibt es nicht. Mir fällt auf jeden Fall keine ein. Ich weiß nicht, wie man so was aushalten kann. Jelscha hatte keine Wahl. Sie hat den Sturm ausgehalten. Irgendwie.

Ich will meinen Sturm auch aushalten. An den Rändern und im Innern, in der Hülle, von der Jelscha schreibt. Mit den Füßen zeichne ich einen Kreis in den Kies vor der

Bank und versuche herauszufinden, an welcher Stelle des Sturms ich mich befinde. Ich glaube, noch habe ich die Hülle um das Auge nicht durchbrochen, noch bin ich nicht in der Stille und bei mir angekommen. Ich weiß nicht, ob ich das kann. Und ob ich es schaffen werde, dann durch die Hülle wieder in den Sturm zu treten und aus ihm herauszukommen.

Ich höre Stimmen. Mein Herz galoppiert los. Noch bevor ich sehe, wer den Weg über die Brücke einschlägt, weiß ich, dass es nicht der Mensch ist, auf den ich warte. Es sind Luca und Viola. Die beiden sind seit ein paar Monaten zusammen, verhalten sich aber wie Leute, die schon mindestens dreißig Jahre verheiratet sind.

»Ciao Elia«, begrüßt mich Viola. »Hast du gehört? Jonny ist mit Jelscha weggefahren.«

Ich nicke.

Die beiden setzen sich nicht. Sie stehen vor mir und schauen mich an wie eine Labormaus in einem Experiment. Einen Augenblick lang überlege ich, mich von der Bank fallen zu lassen und mich tot zu stellen. Der Gedanke bringt mich zum Lachen.

»Was ist daran so lustig?«, fragt Luca.

»Eigentlich nichts«, antworte ich.

Die beiden werfen sich einen wissenden Blick zu und gehen Hand in Hand weiter. Ich frage mich, ob ich sie beneide, weil für sie alles so einfach und so klar ist. Nein, entscheide ich, bin jedoch nicht ganz sicher, ob ich mich nicht selber belüge. Kein Sturm, keine Ungewissheit. Wäre das nicht einfacher? Oder wenigstens ein Hinauszögern der Antworten. Müssen ja nicht ausgerechnet heute sein.

Doch, müssen sie. Wenn es für Jelscha heute ist, ist es auch für mich heute. Ich blättere zur nächsten Seite in Jelschas Buch.

Du verlierst mich nicht und nie

Du baust Mauern um dich herum
und wenn ich dich danach frage,
tust du, als wären sie nicht da.
Du verkriechst dich in dir selbst
und wenn ich nach dir suche,
sagst du: Ich bin ja hier.
Deine Welt wird klein und kleiner,
bist nicht hier, bist tief in dir.

Ich ziehe Grenzen neu und von mir weg
und wünsche mir dasselbe für dich,
doch Neuland finden, Freiheit wagen,
das können wir nur für uns allein.
Ich breite meine Arme aus,
atme Liebe unter Wasserfällen.
Meine Welt wird groß und größer,
ich bin dort, bin tief bei mir.

Wir lieben und werden geliebt
auf tausend und noch mehr Arten.
Liebe ist schön, Liebe ist schwierig.
Aber nie ist wahre Liebe falsch.
Lass sie uns suchen und zu ihr steh'n,
sie nimmt uns nichts weg, gibt dazu,
Liebe ist hier, Liebe sind wir.

Du verlierst mich nicht und nie,
für dich ist immer und ewig Platz.
Vince ist die Wasserperle auf meiner Haut,
Du bist der Regenbogen über mir.
Laurin ist die Sonne auf meinem Gesicht,
du bist die zweite Seele in mir.
Unsere Welt ist alles und eins,
ich bin in dir, du bist in mir.

Herzrasen

Mein Gesicht brennt vor Scham. Hat mich Jelscha gesehen an jenem Tag beim Wasserfall? Das ist peinlich! So verdammt peinlich. Ich will nicht daran denken. Aber verdrängt habe ich es lange genug. Feige war ich auch lange genug. »Nur für den Fall, dass du trotz allem Gedanken lesen kannst«, sage ich zur Jungfrau Maria, »schließe jetzt die Augen und halt die Ohren zu.« Und dann beame ich mich zurück in den letzten Herbst.

Vince warf mit Charme um sich, dass die Funken sprühten. Er verhielt sich wie ein junger Hund, der immer und überall sein will und die ganze Aufmerksamkeit für sich beansprucht. Dass Jelscha ihn oft ignorierte, schien ihn zusätzlich anzuspornen. Er ließ sich ziemlich verrückte Dinge einfallen, um ihr Interesse zu wecken. Dabei war er klug genug, ihr keine teuren Dinge zu kaufen. Ich glaube, ihm war sehr schnell klar, dass er damit bei ihr keinen Eindruck schinden konnte. Er lud sie zum Picknick am Bach ein, buk ihr in der Hotelküche vom *Talgrund* so bunte wie ungenießbare Muffins, sang ihr schrecklich falsch vor, las die Bücher, die er bei ihr auf dem Regal stehen sah. Irgendwann fragte er sogar mich, womit er sie glücklich machen konnte, aber ich zuckte nur mit den Schultern.

Mit Laurin redete Jelscha über Musik und Songtexte. Manchmal saßen sie auch einfach nebeneinander an einem Tisch, schrieben und lasen sich die Texte gegenseitig vor. Es ist nicht so, dass sie mich nicht dabeihaben wollten, im Gegenteil. Sie fragten immer, ob ich mich ihnen anschließen wollte. Ich wollte nicht, weil es zu weh tat, die beiden so vertraut zu sehen.

Ich sog alles auf, was Vince und Laurin sagten, prägte mir ein, wie sie sich bewegten, wie sie redeten, was sie anhatten. Es war, als wartete ich an einer Tür zu einer anderen Welt, die ich so gerne betreten hätte. Die Tür stand offen und ich blieb an der Schwelle stehen. Eine Weile gab ich Mumma die Schuld, die mich mit Arbeit eindeckte. Doch so war es nicht, ich war es, der sich nicht über diese Schwelle traute. Es ist, wie Jelscha es schreibt: Neuland finden und Freiheit wagen, das müssen wir für uns selbst. Auch wenn es uns Angst macht. Ich wagte es nicht. Aus vielen Gründen. Und dann kam der Tag, über den Jelscha in ihrem Song schreibt.

Vince hatte ihr schon lange in den Ohren gelegen, dass er unbedingt mal Peiders Geißen besuchen wolle. Eigentlich hatte mich Jelscha überredet, zu viert loszuziehen, doch Laurin wurde krank und ich sagte ab. Mumma und das Hotel waren die perfekte Ausrede. Die Wintersaison stand bevor und die Wände im Abstellraum benötigten dringend einen neuen Anstrich. Ich bereitete alles vor, klebte Kanten ab, deckte den Boden ab, legte Farbe, Roller und Pinsel bereit und stürzte mich in die Arbeit. Wie ein Besessener klatschte ich Farbe an die Wand, verteilte sie mit dem Roller, klatschte Farbe an die Wand, rollerte, klatschte, rollerte, immer schneller. Bis ich nicht mehr konnte. Weil Peider und seine Geißen ein Teil von mir und Jelscha waren. Etwas, das ich mir von Vince nicht nehmen lassen wollte.

Ich legte den Roller hin, erklärte Mumma, dass ich eine Pause bräuchte und später weiterstreichen würde, zog meine Wanderschuhe an und rannte los. Den ganzen Weg zu Peider hoch powerte ich mich aus, bis ich beinahe kotzte. Meine Muskeln brannten, in meinen Schläfen hämmerte der Puls.

»Da hat's aber jemand eilig«, empfing mich Peider.

Ich steckte meinen Kopf in den Brunnen vor der Alp. So lange es ging, hielt ich den Atem an und versteckte mich in diesem eiskalten Nass, in dem es so wunderbar still war. Als ich wieder auftauchte, war Peider immer noch da.

»Holla!«, meinte er. »Ich dachte, du trinkst ihn mir leer.«

Ich schnappte nach Luft. »Ist ziemlich warm für Ende Oktober.»

Er nickte. »Verfluchtes Klima.«

»Jelscha und Vincent«, sagte ich. »Ich habe sie verpasst. Weißt du, wo sie sind?«

»Die wollten zum Wasserfall hoch. Sind noch nicht zurück.«

Ich nickte, bedankte mich und eilte weiter, ließ Peider einfach stehen.

Oberhalb von Peiders Alp stürzt ein Wasserfall in einer wilden Schlucht in die Tiefe. Man muss an Peiders Geißen vorbei, ein paar ziemlich steile Hänge hochkraxeln und sieht ihn erst, wenn man beinahe dort ist. Je näher ich dieser Stelle kam, desto nervöser wurde ich. Weil ich wusste, dass mir im entscheidenden Moment bestimmt nichts einfallen würde, legte ich mir einen lockeren Spruch zurecht, mit dem ich erklären wollte, warum ich nun doch hier war.

Ich glaubte mich auf alles vorbereitet, doch dort, wo der Pfad an einer Felskante scharf um die Ecke führt, taumelte ich mitten in etwas, in das ich nun wirklich nicht hatte taumeln wollen.

Jelscha und Vince standen keine zehn Meter von mir entfernt. Trotzdem bemerkten sie mich nicht, denn sie erkundeten sich gerade gegenseitig. Mit ihren Blicken, ihren Mündern, ihren Händen. Von oben fiel feine Gischt auf sie, Wassertröpfchen schillerten in Regenbogenfarben, perlten auf der nackten Haut der beiden. Sie standen dicht beisammen, hielten sich fest und küssten sich, sanft und ohne Eile. Als hätten sie alle Zeit dieser Welt.

Mein Herz wummerte los, jeder Schlag ein kleiner Stromstoß. Ich wurde zum menschlichen Kraftwerk mit Energie im Überfluss und dennoch unfähig, mich zu bewegen. Natürlich hätte ich sofort wegschauen sollen, aber ich stand da wie ein kleiner, schäbiger Spanner. Es war mir unmöglich, den Blick von den beiden zu nehmen. Wenigstens schaffte ich zwei kleine Schritte rückwärts.

Eng an das schroffe Gestein gepresst, versuchte ich zu verstehen, was da gerade passierte. Irgendwann musste ich mir eingestehen, dass ich nicht Jelscha anstarrte, sondern Vince und seinen Körper, diesen wunderschönen, perfekten Körper.

Der Schrei eines Mäusebussards riss mich aus meinen Gedanken. Ich presste meine Hand gegen die Brust und fühlte meinen Herzschlag. Wild, laut, hart. Ich lauschte ihm nach, aufgeregt, nervös, ängstlich, überfordert, beschämt, in Panik. Doch dann merkte ich, dass ich nicht überrascht war. In mir drin wurde es sehr still und sehr ruhig. Ich hatte keine Angst. Die kam erst später wieder. In diesem Moment war ich im Auge des Sturms, dort, wo alles still und klar war und für einen Moment nichts wehtat. So ist das also, dachte ich.

Ich wählte einen Abstieg, auf dem mich niemand sehen konnte, ich schlug sogar um Peiders Alp einen Bogen. Dabei schaute ich kein einziges Mal zurück. Meine Füße flogen über den Boden, im Takt meines Pulses, der viel zu schnell in mir wummerte. Ich rannte nicht nur Jelscha und Vince davon, sondern auch der Angst. Sie holte mich trotzdem ein.

Schwul, hämmerte es in mir, *du bist schwul.*

»Na und?«, schrie ich.

In Ronda ist man nicht schwul.

»Sagt wer?«

Du weißt es. Du weißt, wie die Leute dich anschauen werden. Du kennst die Sprüche, die an den Stammtischen geklopft werden. Du hast das Wort oft genug auf dem Schulhof gehört. Nie positiv.

Ich hasste diese Stimme in mir drin. Ich wollte sie zum Schweigen bringen. Doch das ging nicht. Also versuchte ich, lauter zu sein als sie. Ich sang. Schlimmer noch als Vincent.

Vincent.

Bist du in ihn verliebt?

Nein, bin ich nicht.

Aber sein Körper gefällt dir.

Halt die Klappe.

Es ist der Körper eines Mannes.

Halt. Die. Klappe.

Es könnte Laurins Körper sein.

Vor Schreck stolperte ich. Ich konnte meinen Fall nicht bremsen und rutschte den Hang runter. Durch stacheliges Gebüsch, über Steine. Als ich zum Stillstand kam, war alles an mir wund. Meine Haut, mein Körper, mein Herz. Ich rollte mich auf den Rücken und schaute in den Himmel, der nie wieder derselbe sein würde. Bis mir die Tränen kamen.

Ich war verliebt.

Zum ersten Mal in meinem Leben.

In einen Jungen.

Nicht in Vincent.

In Laurin.

Laurin.

Schluchzer schüttelten mich durch. Ich fühlte weder die Kratzer noch die Schürfungen. Mein Herz war kaputt und ich hatte keine Ahnung, wie so etwas heilen konnte.

Danach war ich eine Woche lang krank. Jelscha kam vorbei, aber ich wollte sie nicht sehen. Was hätte ich ihr sagen sollen? Vincent und Laurin fragten nach mir. Ich war Mumma dankbar für ihre schroffe Art, mit der sie die beiden wegschickte. Sie gab mir Salben für meine Wunden. Wenn sie sich erkundigte, wie es mir gehe, redeten wir von meinem Körper, obwohl mich Mumma immer wieder seltsam ansah. Aber wir taten wir beide, als ob es nur um meine Kratzer und Schürfungen ging.

Ich blieb im Bett und dachte nach. Wieso hatte ich es nicht vorher gemerkt? Fast mein ganzes Leben lang hatte ich Jelscha geliebt. Das reichte mir als Grund, warum ich mich nie in ein anderes Mädchen verliebt hatte. Ich überlegte lange, ob es irgendwann einen Jungen gegeben hatte, zu dem ich mich hingezogen gefühlt hatte. Mir fiel nur Quentin ein, der mit seinen Eltern ein paar Jahre in Ronda gelebt hatte, eine wilde Aussteigerfamilie, über die man in Ronda den Kopf schüttelte. Ich dachte damals, dass meine Faszination für ihn daran lag, dass er so anders war als alle anderen. Wir haben in der ganzen Zeit nicht mehr als ein paar oberflächliche Worte gewechselt. Ich, weil ich mich in seiner Gegenwart klein und unsicher fühlte, er wahrscheinlich, weil er mich für einen furchtbaren Langeweiler hielt.

Im Laufe der Woche bog ich mir meine Erinnerung zurecht. Ich hatte einen schlechten Tag gehabt. Hatte mir etwas zusammenfantasiert. Das fiese Herzrasen, das mich jedes Mal in Laurins Nähe befiel, war Eifersucht, weil ich Jelscha mit ihm teilen musste. Ich irrte mich. Ich wollte mich irren. Ich war nicht schwul. War einfach alles ein wenig viel.

Nach einer Woche ging ich wieder zur Schule. Ich tat, als sei alles in bester Ordnung. Jelscha konnte ich nichts vorspielen. Sie fragte, was los sei. »Nichts«, antwortete ich.

»Laurin ist einfach nur ein Freund«, sagte sie.

»Klar.«

»Ich meine das ernst.«

»Ich auch.«

»Elia, wir -«

Die Schulglocke klingelte und erlöste mich.

Ich schaue auf die Buchstaben in meinem Buch. Sie leuchten mir entgegen, tanzen über die Seite. Jelscha war so glücklich gewesen. Und ich verkroch mich in meinem Bett und sperrte sie aus. Schon wieder war ich nicht der Freund, der ich für sie sein wollte, weil ich viel zu sehr mit mir und mit dem Verbergen und Verdrängen meiner Gefühle beschäftigt war.

Ich habe auf den richtigen Zeitpunkt gewartet. Dachte ich. Dabei ist bei guten Freunden immer der richtige Zeitpunkt. Was bin ich doch für ein Idiot. Jetzt ist Jelscha weg und ich sitze da mit all dem Ungesagten zwischen uns. Dabei haben wir immer über alles geredet.

Ich werde sie anrufen. Sobald ich den Mut gefunden habe. Sobald ich ihr Buch gelesen habe. Sobald …

Feigling, denke ich.

Ich greife zu meinem Handy.

Ich bin schwul, schreibe ich.

Erzähl mir etwas, das ich noch nicht weiß, schreibt Jelscha zurück.

Wieso hast du nie etwas gesagt, tippe ich ins Handy, aber ich schicke die Nachricht nicht ab. Ich kenne die Antwort. Jelscha hat auf mich gewartet. Es gibt Dinge, die man anderen nicht aufdrängt. Ich denke mal, ein Outing gehört dazu.

»Ich bin …«, sage ich zur Jungfrau Maria, doch beim

letzten Wort klemmt es mir die Luft ab. Ich kann das Wort denken, ich kann es Jelscha schreiben, aber ich kann es nicht aussprechen, es will nicht über meine Lippen. »Ich habe mich in einen Jungen verliebt«, mache ich den Satz fertig. »Also, in Laurin.«

Sie lächelt. Klar doch, was denn sonst?

Ein Pling.

War ein wirklich saublöder Witz. Sorry. Danke, Elia, dass du es mir gesagt hast. Ich liebe dich. Jelscha.

Ich habe die Hülle durchbrochen.

Ich bin im Auge des Sturms.

Ich liebe dich auch, Jelscha.

Ich liebe dich, Laurin.

Ich vermisse dich

Wo bist du, Elia?
Du bist da
Und doch nicht da.
Ich vermisse dich.

Wo bist du, mein Freund?
Du redest
Und sagst doch nichts.
Ich vermisse dich.

Wo bist du, mein Bruder?
Du schweigst
Und verrätst so viel.
Ich vermisse dich.

Wo bist du, Elia?
Du bist nah
Und doch so weit weg.
Ich vermisse dich.

Wo bist du, mein Freund?
Du weichst aus
Und entgleitest mir.
Ich vermisse dich.

Wo bist du, mein Bruder
Du ziehst dich zurück
Und baust Mauern auf.
Ich vermisse dich.

Jetzt, genau jetzt

Ich habe dich auch vermisst, Jelscha. Damals, letzten Herbst, als ich mich zurückzog, weil ich mit nichts mehr klarkam, am wenigsten mit mir selbst. Als ich mich nicht länger selbst belügen konnte, aber auch nicht den Mut zur Wahrheit hatte, weil alles so überwältigend und verwirrend war. Am liebsten hätte ich mich bei dir verkrochen, dort, wo ich mich immer verkriechen konnte, aber ich hatte den totalen Horror davor, diesen Platz mit Laurin teilen zu müssen.

Erinnerst du dich an den Song *Gimme Shelter* von den Stones? Natürlich erinnerst du dich, es ist einer eurer Lieblingssongs, von dir und Jonny. An Konzerten habt ihr ihn immer gespielt. Auch an jenem Abend, an dem du in deinem roten Kleid auf der Bühne gestanden hast.

Gimme Shelter.

Das habt ihr gesungen und alle wussten, dass es um das *Cave* geht. Sogar Conradin. Es war die Art, wie er dir zugehört hat. Vielleicht hat es genau da angefangen; alles was danach passiert ist. Lina Jasper hat später gesagt, dass dieser Song für sie eine Menge geändert hat. Ich denke, das gilt auch für Conradin. Und ich ahne, dass du den Song auch für mich gesungen hast.

Ganz bestimmt hast du dazu etwas geschrieben, weiter hinten im Buch. Aber stell dir vor. Ich kann warten. So, wie du auf mich gewartet hast. Du hast es gewusst und mir all die Zeit gegeben, die ich gebraucht habe. Du hast mir die Brücke gebaut, über die ich mich nicht zu gehen traute.

Es tut mir leid, dass ich dir nie gesagt habe, was mit mir los ist.

Es tut mir leid, dass du mich vermisst hast.

Es tut mir leid, dass ich nicht hinhören wollte, wenn du mir von Vince erzählt hast.

Ich war dir kein guter Freund.

Ich war dir kein guter Bruder.

Scheiße, Jelscha. Ich vermisse dich. Und all die Gespräche, die wir nicht geführt haben.

Ich suche *Shelter* in meiner Playlist und höre mir den Song ganz laut an. In einer Live-Version, weil Live-Versionen immer viel stärker und kraftvoller sind als die Studioaufnahmen.

Gimme Shelter singe ich zusammen mit den Stones. Es ist mir egal, ob mich jemand hören kann. Ich will nicht mehr da sein, ohne da zu sein. Ich will sein. Aber das ist so verdammt schwierig, wenn man keinen Ort hat, an dem man sich geschützt fühlt.

Ich vermisse dich, Jelscha. Oh, wie sehr ich dich vermisse.

»Boah«, sagt jemand über den Lärm hinweg, den die Stones und ich machen. »Jelscha hat recht. Du kannst echt nicht singen.«

Vor Schreck kippe ich beinahe von der Bank. Vor mir steht Sofia aus meiner Klasse.

»Ist hier noch frei?«

Neben mir sind mindestens zwei leere Meter Bankfläche. Aber nett, dass sie fragt. Sie gibt mir die Möglichkeit, nein zu sagen und allein zu bleiben.

»Ja«, antworte ich.

Schwungvoll setzt sich Sofia hin. »Jelscha und Jonny sind weg.«

»Ich weiß.«

»Scheiße«, sagt sie.

Ich nicke.

»Hat sie dir gesagt, dass sie geht?«

Es ist nicht so, dass Sofia und ich befreundet wären. Eigentlich verbindet uns nichts, außer dass wir in derselben Klasse sind. Was ich damit meine: Ich müsste Sofia gar nichts sagen. Ich tue es trotzdem. Weil sich grad ganz viele Dinge in mir verschieben. Auf eine gute Art. Vielleicht hätte ich viel öfter singen sollen.

»Erst gestern Abend«, sage ich.

»Scheiiiiiiiße.« Diesmal zieht Sofia das Wort in die Länge wie Kaugummi.

»Ja«, antworte ich knapp.

»Weißt du, warum sie gegangen ist? Sie hat doch immer gesagt, dass sie hierbleiben will.«

Ich zögere. Doch dann verschiebt sich schon wieder was in mir, heftig wie ein Erdbeben. Und ich weiß, was ich tun muss.

»Ich verrate es dir, wenn du hier sitzen bleibst und wartest, bis ich zurück bin. Dauert nicht lange.«

Darüber muss Sofia erst einmal eine Weile nachdenken. »Oooooookay«, willigt sie schließlich ein.

»Da ist noch was«, sage ich.

Sie schaut mich neugierig an. »Was?«

Bis jetzt ist das ja ziemlich gut gelaufen. Aber nun wird es ... schwierig.

»Vielleicht kommt noch jemand vorbei. Dann sag, ich sei gleich zurück.«

Sofia verdreht die Augen. »Geht's auch ein bisschen weniger geheimnisvoll?«

Ich atme auf. Sie wird die Stellung halten, bis ich wieder da bin. Weil sie neugierig ist. In meiner Aufregung vergesse ich mein Buch. Zum Glück fällt es mir auf der

Brücke wieder ein. Ich kehre um und sehe, dass Sofia gerade dabei ist, den Buchdeckel aufzuklappen.

»Hey!«, rufe ich. »Kannst du nicht lesen? Das ist privat.«

»Dann lass es nicht herumliegen!«

Ich gehe zurück und schnappe es mir. Sofia hat Sommersprossen auf der Nase. Und Goldsprenkel in ihren braunen Augen. Warum habe ich das nie gesehen? Schlagfertig ist sie auch.

»Habe ich was im Gesicht?«, fragt sie verwirrt.

Ich schüttle den Kopf. »Alles in Ordnung. Bis gleich.«

Ich renne fast den ganzen Weg nach Hause. Vor der Haustür bremse ich ab. Nein, ich bin nicht bereit. Ich kann das nicht. Was tue ich hier? Ich drehe mich um, blicke zurück. Da ist nichts. Mein Mut hat mich verlassen und versteckt sich irgendwo hinter einer Weggabelung, in einem anderen Land, auf einem anderen Kontinent, in einem anderen Universum. Ein anderes Mal, sage ich mir. Kehre um. Aber die Füße wollen nicht. Sind schwer, verweigern sich. Ich stehe da, wie einer, der gerade Wurzeln schlägt, aber nie habe ich mich so wurzellos gefühlt wie gerade jetzt.

Jetzt. Für Mumma wird es nie einen richtigen Zeitpunkt geben, und deshalb entscheide ich, dass er jetzt ist, genau jetzt. Auch wenn ich vor Schiss beinahe umkippe. Und vielleicht kein einziges Wort rausbringen werde.

Sie sitzt in ihrem Büro und überträgt in einem Höllentempo irgendwelche Zahlen von einem Notizzettel in eine Excel-Tabelle.

»Vermisst du mich manchmal, Mumma?«, frage ich.

Sie dreht sich zu mir um und sieht mich an wie einen Außerirdischen, der sich in ihr Reich verirrt hat. »Was soll das, Elia?«

»Ich vermisse dich.« Ich räuspere mir die Angst aus dem Hals. »Also, die Mumma, die sich irgendwo in dir versteckt.«

Ihre Brauen schieben sich zusammen, die zwei Falten über ihrer Nase werden noch tiefer. »Hast du Drogen genommen, Elia?»

Ist das ihre Sorge? Dass ich Drogen nehme?

Ich lache, krächzend und ein wenig irr.

»Viel besser, Mumma«, sage ich und sehe, dass sie das überhaupt nicht lustig findet. Ich auch nicht. Aber ich bin hier, ich habe angefangen und ich muss es hinter mich bringen. »Ich habe mich verliebt, Mumma.«

Ihr Gesicht entspannt sich ein wenig.

»In einen Jungen«, presse ich aus mir raus.

In ihren Augen geht das Licht aus. Ihre Schultern sinken

nach vorn. Sie fragt nicht, ob ich sicher bin. »Ich hab's gewusst«, murmelt sie. Und ich weiß jetzt, warum sie mein Zimmer durchsucht hat. Weil sie Antworten und Beweise suchte.

Mein Herz rutscht bis zu meinen Füßen runter, ich fühle mich schwer wie Blei. »Ist das so schlimm?«, will ich wissen.

Und dann sagt Mumma etwas, das mich umhaut. »Nein, es ist nicht schlimm, dass du … homose- … Jungs magst. Es tut weh, dass du es nie gesagt hast.«

Ich halte mich am Erstbesten fest, das ich zu greifen bekomme. Dem Bücherregal. Es ist zum Glück stabil und fest mit der Wand verschraubt.

»Geht es dir gut?«, fragt Mumma.

»Ich weiß nicht«, sage ich.

Sie steht auf und schaut mich an. »Das kommt schon in Ordnung, Elia.«

Ich bin froh, dass ich mich immer noch ans Regal klammere. »Nein«, sage ich. »Das bleibt so.«

Ich sehe die Verwirrung in ihrem Blick. Dann das Verstehen. »Das meine ich doch nicht.« Jedes Wort klingt weich, wie ein Laken, in das man sich einwickeln möchte. »Natürlich bleibst du …. Ich meine das mit uns und dem Leben.«

Ich zittere wie blöd. In meinen Augen stehen Tränen. Und trotzdem sehe ich sie. Die Mumma, die ich seit Jahren vermisse. Es gibt sie also. Sie ist da. Genau hier, genau jetzt.

»Ich muss wieder weg«, sage ich. »Was erledigen.«

»Bist du zum Abendessen zurück?«

Manchmal ist es gut, dass Mumma so praktisch ist. Ich lasse das Regal los, wanke aus dem Haus. Mit jedem Meter werden meine Schritte fester.

Ich hetze zur Brücke.

Dort sitzt immer noch Sofia. Allein.

Ich setze mich hin. Drehe mich zu ihr um. Schaue sie an.

»Ich stehe auf Jungs.«

Über ihr Gesicht zieht sich ein riesiges Grinsen. Auf ihrer Nase mit den Sommersprossen kringeln sich kleine Fältchen.

»Wow«, sagt sie. Und dann: »Ich dachte, du schaffst das nie, das mit deinem Outing.«

Sie breitet die Arme aus und ehe ich mich versehe, versinke ich in einer warmen Umarmung.

»Herzliche Gratulation.«

Da ist nicht das kleinste bisschen Spott in ihrer Stimme. Alles, was ich höre, ist aufrichtige Freude. Mir schießen schon wieder Tränen in die Augen. Zum Glück hält mich

Sofia lange genug fest. Als sie loslässt, habe ich die Tränen längst weggeblinzelt.

»Willst du darüber reden?«, fragt sie.

Ich schüttle den Kopf. »Aber danke, dass du gefragt hast.«

Sie grinst erneut. »Ich muss dann mal weiter. Sag, ist das jetzt so was wie offiziell? Darf ich das weitererzählen?«

»Kannst du bis morgen damit warten?«, bitte ich sie.

»Klar.« Sie steht auf. »Ich nehme an, die Person, auf die du wartest, soll es von dir hören.«

»Ja.«

»Dann wünsche ich dir viel Glück. Hab gehört, du sitzt schon eine ganze Weile hier.«

Ronda, denke ich. Ein Dorf, in dem du nichts geheim halten kannst. Außer du gehörst zu Jelschas Familie.

Es dauert eine ganze Weile, bis mir klar wird, dass Sofia nicht einfach so vorbeigekommen ist. Der alte Elia in mir vermutet, dass sie sich aus reiner Neugier zu ihm gesetzt hat. Der neue Elia hofft, dass Sofia gekommen ist, weil er ihr nicht egal ist.

Sie ist schon ein paar Meter weit weg, als sie sich noch einmal zu mir umdreht. »Du weißt schon, dass man Menschen auch entgegengehen kann, oder?«

Ich bin ihr nicht egal, denke ich. Eine warme Welle schießt durch mich hindurch. Ich glaube, ich beginne gerade erst zu verstehen, was Jelscha immer verstanden hat. Die Leute in Ronda haben ein Herz. Die meisten von ihnen ein gutes. Es sind Herzen wie überall: ängstliche, mutige, traurige, fröhliche, das volle Programm halt. Nur trägt man es nicht auf der Zunge. Der Gedanke bringt mich zum Lachen. Dann bin ich wohl ein typischer Bewohner dieses Orts.

Ich bin aufgeregt. Aber auf eine gute Art. Ich habe es ausgesprochen, es ist draußen. Jetzt kann ich

anderssseinunddochnormal
ichseinohneschein
ichseinganzinecht

Ich weiß noch nicht so recht, wie das geht und wie ich das machen soll. Die Angst ist immer noch da, aber ich fühle, dass ich genug stark bin, sie auszuhalten.

Sofia hat gesagt, dass man Menschen auch entgegengehen kann. Ich weiß, wo ich Laurin finde. Was ich ihm sagen werde? Das werde ich herausfinden, wenn es so weit ist.

Zuerst jedoch werde ich hier sitzen bleiben und Jelschas Buch fertiglesen. Denn wenn ich echt sein will, muss ich mich dem stellen, der ich in den letzten Monaten gewesen bin.

Der Feind in unserem Haus

Die Leute sagen:
Ihr holt euch den Feind ins Haus.

Die Leute sagen:
Ihr empfangt ihn mit offenen Armen.

Die Leute sagen:
Ihr legt euch mit den Falschen ins Bett.

Die Leute sagen:
Sie werden euch alles nehmen.

Ich sage:
Unser Haus stand immer offen.
Unsere Betten gehen euch nichts an.
Uns kann man nur nehmen,
was wir zu geben bereit sind.

Ich sage:
Der Feind in unserem Haus
ist unsichtbar und böse.
Der Feind in unserem Haus
sind die Risse in der Zeit.
Der Feind in unserem Haus
ist das große Schweigen.
Der Feind in unserem Haus
ist das Geheimnis,
das Mengia mit ins Grab nahm.
Der Feind in unserem Haus
ist die erzählte Lüge.

Auf der Titanic

Nur Jonny weiß, wie oft er sich diesen Spruch über die Feinde, die er sich ins Haus geholt hat, anhören musste. Er hat sich nie darüber beklagt.

»Einige Menschen hier verstehen uns und unser Haus nicht«, sagte Jelscha zu mir. »Es war immer offen für alle.«

Vor mir verschwimmen die Buchstaben in Jelschas Buch. Ja, das *Cave* war immer offen für alle. Aber es gab etwas, worüber man nicht reden durfte im *Cave*. Jelschas Mutter. Das große Geheimnis. Das war ein ungeschriebenes Gesetz.

Jetzt ist Jelscha weg. Nicht durch einen Riss in der Zeit, sondern über den Mittelstreifen, zusammen mit Jonny. Ich schließe das Buch und reise in Gedanken zurück in den letzten Herbst.

Je näher der Winter rückte, desto ruhiger wurde es. Laurin und Vince blieben an ihren Schulen in England, Annen jettete durch die Welt und setzte andere Projekte um. Zu seinem Resort hatte er nichts Neues zu sagen. Aus »Wir werden sehen« war ein »Wir arbeiten an den Details«, geworden, sein üblicher Kommentar, wenn die Presse ihn nach dem aktuellen Stand der Dinge fragte. Von Ronda hielt er sich fern. Die einen vermuteten, dass er zu feige war, sich weiterhin hier zu zeigen, die anderen, dass er uns ganz bewusst hinhielt, so, wie er damals hingehalten worden war. Um uns schweigend ins Leere laufen zu lassen. Es war verrückt. Obwohl er Ronda mied, war er trotzdem da. Wie ein Geist, der uns nicht zur Ruhe kommen ließ.

Dafür reiste eines Tages seine Frau Lina an.

»Sie stand plötzlich einfach im Laden«, sagte Erna. »Ich bin vor Schreck fast tot umgefallen.»

Lina Jasper kaufte nicht nur jede Menge Lebensmittel, sondern vertraute Erna auch an, dass sie hier sei, um für eine Rolle zu proben. Ronda sei der perfekte Ort dafür: abgelegen, ruhig und wunderschön.

»Als ob überhaupt nichts wäre.« Erna schüttelte jedes Mal fassungslos den Kopf, wenn sie jemandem von ihrer Begegnung mit Lina Jasper erzählte. »Die muss doch wissen, was hier los ist!«

Falls Lina Jasper die Feindseligkeit spürte, mit der ihr viele von uns begegneten, dann ließ sie es sich nicht anmerken. Sie grüßte alle, die ihr begegneten, und wurde zum Stammgast im *Cave*.

»Spionierst du uns etwa aus?«, fragte Carmen vom Gemeindesekretariat am dritten oder vierten Abend in Folge, an dem sich Lina im *Cave* an die Bar setzte und einen hausgemachten Eistee bestellte. »Im Auftrag seiner Majestät, deines Mannes?« Sie ließ es wie einen Scherz klingen, doch im Raum wurde es schlagartig ruhig.

»Nein«, antwortete Lina.

Sie sprach weder zu laut noch zu leise. Es war ein schlichtes Nein mit einem hörbaren Punkt dahinter.

Carmen legte den Kopf schief, nickte kurz und die Leute nahmen ihr Gespräch wieder dort auf, wo sie es unterbrochen hatten.

Ich habe das Nein gehört, denn ich war auch da, hinten, an der Wand neben dem Durchgang zum Steampunk Raum. Jonny taufte ihn *TwOnE*, zwei in einem, weil er für ihn zwei Räume in einem ist: der Teil mit der Bar und der gemauerten Wand dahinter ist für ihn die Fabrik, der Teil mit dem Sofa und der Tapete der Salon des Fabrikbesitzers.

Viele finden das eine verrückte Spinneridee, komisches Zeug, das nicht nach Ronda passt. Mir gefällt der Raum, denn er fühlt sich nach London an.

An jenem Abend saß ich im *Cave*, weil Jelscha mir eine Nachricht geschickt hatte.

Bitte komm, ich muss mit dir reden.

Aber dann brauchte Jonny sie im Service, weil das *Cave* randvoll war und aus allen Nähten platzte.

Ich wartete also auf Jelscha und beobachtete aus meinen Augenwinkeln diese berühmte Schauspielerin, die in unserem *Cave* saß, wie wenn sie schon immer dazu gehört hätte. Als sie aufstand, schlich sich ein leises Bedauern in meine Gefühle, doch dann bemerkte ich, dass sie das Glas mit dem Eistee in der Hand hielt und wurde ein bisschen neidisch auf die Person, zu der sie sich hinsetzen würde. Bis mir klar wurde, dass sie auf mich zusteuerte.

»Du bist Elia Denoth, nicht wahr?«, fragte sie.

Ich nickte, weil ich Angst hatte, eine dämliche Antwort zu krächzen und mich maximal zu blamieren.

»Darf ich mich zu dir setzen?«

Ich nickte erneut und deutete ziemlich zittrig auf den Stuhl mir gegenüber.

Sie tat, als bemerke sie nicht, wie nervös ich war, zog den Stuhl zurück und setzte sich.

»Laurin erzählt manchmal von dir«, sagte sie.

Mein Herz wummerte los. Blut schoss zu schnell und mit zu viel Druck durch meinen Körper. Mein Gesicht glühte, mein Magen drückte, meine Nerven schlugen Funken. Ich starrte Lina Jasper an und hoffte, sie würde noch mehr sagen, doch sie schien auf eine Antwort zu warten.

»Ich mag ihn auch«, stotterte ich wie ein Vollversager.

Sie lächelte. »Er hat mir gesagt, ich solle dich grüßen.«

Hatte er? Wozu? Ich fragte nicht.

»Deinen Eltern gehört die Alpenrose.«

Warum sagte sie das? Würde sie gleich etwas Freundliches anmerken, eine dieser höflichen Lügen? *Was für ein entzückendes kleines Hotel.*

Ich schielte zur Bar. Mein Blick traf nicht Jelscha, sondern Jonny. Hilf mir, Jonny, dachte ich. Jelscha hätte so einen stummen Hilferuf verstanden, wäre zu mir rüber geschlendert und hätte mich erlöst. Jonny zuckte nur mit den Schultern.

»Darf ich dir eine Frage stellen?«, drang Lina Jaspers Stimme von weit her zu mir durch.

Nein.

»Ja.«

»Was bedeutet unser Resort für dich und deine Familie?«

Während meine Gedanken durcheinanderwirbelten, starrte ich Lina Jasper an. Reglos, ohne zu atmen.

»Bitte entschuldige«, sagte sie. »Diese Frage steht mir nicht zu.«

Sie hatte recht. Diese Frage stand ihr nicht zu. Ich holte Luft und merkte, wie uns die Leute um uns herum anstarrten. Langsam stand ich auf und bahnte mir einen Weg zum Ausgang.

Den ganzen Weg zur Tür hatte ich das Gefühl, Lina Jasper brenne mir mit ihren Augen ein Loch in den Rücken.

Draußen erwartete mich ein kalter, feuchter Nebel. Er kühlte mein heißes Gesicht und nistete sich in meinen Kleidern ein. In meinem Kopf verknoteten sich die Hirnstränge und aus unzähligen Löchern leakten Gedanken, ein bisschen wie bei der Titanic, einfach viel kleiner, aber irgendwann würde mein Kopf volllaufen und ich würde einfach absaufen. Ich stand da und hatte keine Ahnung, wie ich die Löcher stopfen sollte. Und dann fiel mir dieser Song ein, den meine Mutter manchmal sang, ein Hit aus einer Zeit, in der sie jünger gewesen war. Es ging darum, dass sie keine weiße Flagge hissen, sondern mit dem Schiff untergehen würde. Ich hatte immer gedacht, das sei ein Kampfsong, denn so sang ihn Mumma, doch dann war das Lied im Radio gelaufen und ich hatte verstanden, dass es um die Liebe ging und sich das Original sehr melancholisch anhörte.

Plötzlich fand ich den Gedanken, mit dem Schiff unterzugehen, gar nicht so übel. Besser, als mit der weißen Flagge zu wedeln, auf jeden Fall. Zum ersten Mal in meinem Leben verstand ich Mumma. Das machte es besonders schlimm, denn nie war mir klarer als in jener Nebelnacht, dass sie nicht gewinnen konnte. Und genau das war doch Lina Jaspers Frage gewesen, nicht wahr? Was das Resort mit uns machte. Ich sah Mumma an Bord der Titanic, den Rücken gerade, das Kinn nach vorne gereckt, bereit für das, was da kommen würde. Und ich sah mich. Den Überlebenden, denn wenn unser Hotel unterging, musste ich es nicht übernehmen. Ich würde frei sein.

Ich wollte diese Art Freiheit nicht. Ich wollte eine Freiheit, die ich selber wählen konnte.

Hinter mir drängte sich jemand durch die Tür.

»Also, gerade weit bist du nicht gekommen.«

Onna zupfte sich eine Locke aus dem Gesicht, die aus ihrer ziemlich gewagten Frisur ausgebrochen war.

Doch, dachte ich. Einmal Freiheit und zurück.

»Soll ich dich mitnehmen?«, fragte sie.

»Wenn du weißt, wo's hier zur Titanic geht«, antwortete ich.

»Spinner.« Sie lachte.

Ich schaute ihr nach. Onna gehört die *Haarwerkstatt,* der einzige Ort im Dorf, wo man sich die Haare schneiden lassen kann. Ihr würde die Arbeit nicht ausgehen, auch mit dem Resort nicht.

Bevor sie im Nebel verschwand, drehte sie sich zu mir um. »Pass auf dich auf, Elia. Mit dem Nebel ist nicht zu spaßen.«

Ich hob die Hand um ihr zu zeigen, dass ich sie gehört hatte. Sprechen konnte ich nicht. Aber meine Beine gehorchten mir noch. Ich lief los.

Auf dem Parkplatz holte mich Jelscha ein. »Wo willst du denn hin?«

»Na, wohin wohl?«, fuhr ich sie an.

»Bist du sauer, dass ich nicht früher von der Arbeit weggekommen bin?«

Es dauerte eine Weile, bis ich begriff, was sie meinte. Ich hatte ihre Nachricht völlig vergessen.

»Ist einfach etwas spät geworden«, murmelte ich entschuldigend. »Du kennst ja Mumma.«

Zum Glück reichte das Licht der Straßenlampen nur knapp bis zur Hälfte des Parkplatzes. Mein Gesicht lag im Halbdunkel. Jelschas nicht. Am künstlichen Licht allein konnte es nicht liegen, dass es so blass war. Ich schien nicht der Einzige zu sein, der einen beschissenen Tag hatte. »Was ist los«, fragte ich.

»Cla hat gesagt, wenn ich es wegmache, brauche ich nicht wiederzukommen.«

Vielleicht hätte ich auf Anhieb verstanden, was sie

meinte, wenn mein Kopf nicht geflutet gewesen wäre. »Was wegmachen und warum?«

»Er meinte nicht mich, Elia.« Jelscha schluckte und ich sah, dass sie mit den Tränen kämpfte. »Er redete mit meiner Mutter.«

»Scheiße«, flüsterte ich.

»Ja, genau, Scheiße«, sagte sie. »Ich muss mit dir reden, Elia. Aber nicht auf einem Parkplatz.«

Sie führte mich durch den Hintereingang ins *TwOnE*. »Ich habe die Verbindungstür zum *Cave* geschlossen«, sagte sie und ging zielstrebig zur Bar, wo Jonny seinen besten Whisky aufbewahrte. »Willst du auch einen?«

Sie wusste, dass ich nicht trank. Sie trank auch nicht. Trotzdem fühlte sich die Frage richtig an. Ich nickte.

»Sie wollte mich nicht.«

Was hätte ich sagen sollen? *Doch, sie wollte dich bestimmt, Cla irrt sich, er bringt da was durcheinander, deine Mam wollte dich* … Alles Mist. Also sagte ich: »Es tut mir leid.«

»Geschenkt. Hab's ja gewusst.«

Sie klang tough wie ein Fuhrwerker, aber ihre Hand zitterte, als sie das Glas hob und zynisch sagte: »Auf die Wahrheit.«

Das Zeug brannte wie Feuer, und als die Hitze vorbei

war, hatte ich das Gefühl, ein halbes Moor ausgetrunken zu haben.

»Talisker.« Jelscha verzog das Gesicht zu einer Grimasse. »Jonny sagt, er schmecke nach der Insel, auf der er gebrannt wird.«

»Ist voll eklig«, antwortete ich.

Und dann lachten wir, trotz der ganzen Scheiße.

»Cla kann nichts dafür«, sagte Jelscha. »Er stolpert durch seine Risse in der Zeit und merkt es nicht mal. Manchmal sagt er sehr gemeine Dinge zu mir und meint meine Mutter. Dann fällt er durch irgendeinen anderen Riss zurück ins Jetzt und erinnert sich nicht daran, weggewesen zu sein.«

»Hast du mit Jonny darüber gesprochen?«, fragte ich.

»Ist nicht so einfach«, antwortete sie. »Er sagt, das sei die beschissene Krankheit. Ich solle versuchen, das nicht zu nah an mich ran zu lassen.« Sie fuhr sich durch die Haare und presste dann die Hand gegen den Nacken. »Wenigstens hat Cla eingewilligt, zum Arzt zu gehen.«

Die Diagnose war wie erwartet Alzheimer. Jelscha erzählte mir davon auf der Brücke. Der Arzt meinte, der Prozess verlaufe bei Cla ungewöhnlich schnell. Er machte Jonny und Jelscha keine großen Hoffnungen.

»Wenn Cla für immer in einem riesigen Riss in der Zeit verschwindet, nimmt er das Geheimnis um Mamas Verschwinden mit«, sagte Jelscha. »Und ich werde nie erfahren, was wirklich passiert ist.«

Ich sehe sie am Brückengeländer stehen. Schmal und zerbrechlich. So, wie ich sie überhaupt nicht kannte. Ich schlage das Buch auf. Gewellte Seiten, verschwommene, tränenverschmierte Buchstaben. *Risse in der Zeit.* Jelscha hat oft von diesen Rissen gesprochen. Bleischwer liegt ihr Buch in meinen Händen. Bleischwer ist auch mein Herz.

Risse in der Zeit

Sie lauern in den Schatten deiner Stunden,
verstecken sich im Sonnenschein,
die Risse in der Zeit, du siehst sie nicht.
Fällst einfach in sie rein, durch sie durch.
Wohin sie führen, wer weiß das schon.
Wer dort war, hat es längst vergessen.

Sie weben die Fäden deiner Ewigkeit,
schweigen Lieder in den Himmel,
die Risse in der Zeit, sie locken dich.
Lässt dich fallen in sie rein, durch sie
durch.
Wohin sie führen, wer weiß das schon.
Wer dort war, hat es längst vergessen.

Sie bauen Leitern in den Himmel,
sind Tunnels ins Korallenriff,
die Risse in der Zeit, sie suchen dich.
Stolperst in sie rein, durch sie durch.
Wo du bist, das weißt du nicht.

Wer dort war, hat es längst vergessen.

Sie streicheln Wunden deiner Seele,
verheißen Gnade dir und Trost.
Die Risse in der Zeit, sie wühlen dich auf.
Wo du bist, das weißt du nicht.
Wer dort war, hat es längst vergessen.

Sag, ist es schön, dort, wo du bist,
wenn dein Geist auf Reisen geht.
Sag, ist es Erlösung oder Qual.
Wo du bist, das weißt du nicht.
Wer dort war, hat es längst vergessen.

Wen triffst du dort im Schattenland,
was spielt sich ab in deinem Kopf.
Die Risse in der Zeit, wen machen sie aus
dir.
Wo du bist, das weißt du nicht.
Wer dort war, hat es längst vergessen.

Jelschas Theorie

Es war an einem schulfreien Mittwochnachmittag. Wir saßen bei Jelscha am Küchentisch und tranken heiße Schokolade, draußen fiel der erste Schnee. Irgendwann kam Cla in die Küche, öffnete den Kühlschrank, nahm die Milchflasche heraus, setzte sie an und trank in gierigen Zügen.

»Jetzt habe ich den Schnee in mir drin«, sagte er und rieb sich zufrieden den Bauch. »Weißer Schnee. Schmeckt gut.«

Er hielt mir die Flasche hin. Ich trank ein paar Schlucke. »Ja«, gab ich ihm recht. »Schmeckt wirklich gut.«

Er zeigte auf Jelscha und grinste übers ganze Gesicht. »Ist sie nicht ein schöner Schneeengel?« Dann stellte er die Milch in den Brotkasten. »Schneeengel lieben ihre Babys«, sagte er ernst zu mir. »Und wer bist du?«

»Elia«, antwortete ich.

Cla hielt mir die Hand hin. »Ich bin Cla.«

»Alzheimer ist der geöffnete Rachen eines Monsters, das dich verschluckt«, sagte Jelscha, nachdem Cla leise vor sich hinmurmelnd im Wohnzimmer verschwunden war. »Manchmal rülpst das Monster und spuckt dich aus dem

Vergessen in die Realität und du hast keine Ahnung, was du hier willst und sollst.«

Für mich klang das schrecklich, doch Jelscha meinte, es gäbe auch komische und rührende Momente. Eigentlich, so behauptete sie, mehr komische als schreckliche. Und vielleicht sei es doch ganz schön, einfach in den Rissen zu verschwinden und wieder ein Kind zu sein.

Ich will kein Alzheimer bekommen, wenn ich alt bin. Eigentlich will ich auch nicht alt werden. Ich sehe bei uns im Hotel, wie das ist. Diese grauen Menschen mit grauen Haaren in ihren knallbunten, peinlichen Kleidern. Oder die Alten im Dorf. Viele mit gebeugten Körpern und schwieligen Händen vom harten Arbeiten. Mit sturen Schädeln und verknöcherten Ansichten.

Jelscha nennt mich einen gottverdammten ignoranten Snob, wenn ich mit ihr über alte Leute rede. Sie hat recht. Es gibt auch großartige Alte. Sogar bei uns in Ronda. Der großartigste von allen ist Peider.

Mein Großvater hingegen war immer peinlich, zumindest mein ganzes Leben lang. Cla war speziell. »Einer wie keiner«, hat Jelscha oft gesagt.

Wenn Cla wütend war, zogen sich seine struppigen Augenbrauen unter der Stirn zusammen und man hatte das

Gefühl, aus seinen Augen würden Blitze schießen. Er konnte aber auch sehr sanft sein, beinahe liebevoll. In solchen Momenten nahm er Jelscha mit in den Wald und wenn sie zurückkamen, hatte sie immer einen ganzen Rucksack voller gesammelter Schätze aus der Natur dabei. Cla war stark wie ein Baum und stolz wie ein Adler, der seine Kreise durch die Lüfte zieht. Jetzt stolperte er in Risse in der Zeit. Sein Körper beugte sich nach vorn, sein Gang verlor an Kraft. Und weil alles so wahnsinnig schnell ging, konnte man ihm beim Zerfallen zusehen. Das Schlimmste war, dass er sich nicht einmal dagegen wehrte.

Er war nicht wie mein Großvater, aber Menschen, die sich selber verlieren, verlieren auch ihre Scham. Ohne es zu merken. Im Schlafanzug im Dorfladen zu stehen, war bei Weitem nicht das Beschämendste, das Cla passierte.

Das ist etwas, das ich nicht will: im Schlafanzug in einem Dorfladen enden. Zur Sicherheit stehe ich auf, gehe zur Brücke, spucke hinunter und sage: »Ich will nicht in einem Schlafanzug in einem Dorfladen enden.« Das klingt so verrückt, dass ich lachen muss. Vielleicht ist das der Trick: Man erträgt das Alter nur, wenn man darüber lachen kann.

Seit ich denken kann, sagen mir alle, dass ich viel zu ernst bin. Mumma hat mir mal erzählt, dass ich schon als

Kleinkind kaum gelächelt oder gelacht habe. Das stimmt nicht ganz. Mit Jelscha zusammen war das Lachen immer leicht. Aber die Witze am Stammtisch in der Alpenrose fand ich meistens nicht lustig.

»Das liegt daran, dass die meisten auch nicht lustig sind«, erklärte mir Jelscha.

»Alle lachen darüber.«

»Das macht sie nicht lustig.«

Ich bewunderte Jelscha dafür, dass sie nicht darüber nachgrübelte, ob etwas nicht mit ihr stimmte, weil sie so anders tickte als die meisten anderen. Ich suchte den Fehler immer zuerst bei mir.

Jelscha hatte dazu ihre eigene Theorie. »Die meisten denken, dass sie so sein sollten wie alle anderen. Also verhalten sie sich so, wie sie denken, dass alle anderen sich verhalten. Genau damit entsteht dieses *alle anderen*. Verstehst du, was ich meine?«

Ich nickte ziemlich erschlagen.

»Eigentlich wollen wir ja nur dazugehören«, fuhr sie fort. »Wir glauben, uns dafür anpassen zu müssen, auch wenn es für uns dann überhaupt nicht mehr passt. Das kann nicht funktionieren, Elia. Wir müssen den Mut haben, so zu sein, wie wir sind.»

Es klang so einfach und war so schwer.

Zu schwer für mich.

Einfach ist es noch immer nicht.

Aber ich fühle, dass ich es schaffen kann.

Ich ziehe mein Handy aus der Tasche und schicke Jelscha eine Nachricht: *Danke.*

Sie schickt mir drei Herzen zurück.

Und eine Nachricht. *Wir sind über den Mittelstreifen gefahren.*

Ich heule beinahe vor Glück. Bis mir einfällt, dass ich nur Mumma gesagt habe, dass ich schwul bin. Ich habe Bab vergessen!

Novemberschnee

Niemandsland in Weiß gekleidet
Ohne Raum und ohne Zeit
Verloren in den Nebelschichten
Endlos wie die Ewigkeit
Melancholie summt ihre Lieder
Bäume nackt und kahl im Wind
Erinnern an Vergänglichkeit
Reifbedeckt und mystisch klar

November, du bist Moll in Moll

Sturmzeit ganz in Grau gehüllt
Chirurgisch klar die Nacht
Hoch und tief so dicht an dicht
Niemand der nicht traurig ist
Ein Flüstern hier, ein Weinen da
Einsamkeit, umarme mich

Novemberschnee, du bist das Dur im Moll

Zerrissen

»Wenn du ein Monat wärst, dann wärst du der November«, hat Jelscha mal zu mir gesagt, genau auf der Bank, auf der ich jetzt sitze.

»Du meinst ernst und düster?«

»Ich meine mystisch und wunderschön.«

Ich öffnete meinen Mund, um etwas zu sagen. Irgendwas.

»Rede das jetzt nicht kaputt«, kam sie mir zuvor.

Also saß ich schweigend neben ihr, mit einem Kopf voller Fragen und einem Herz voller Zweifel. Nach einer langen Weile entschied ich, dass es okay war, ein November zu sein. Ich mochte diesen Monat und er passte ja auch zu mir, allerdings aus anderen Gründen als die, die Jelscha aufgezählt hatte.

Der letzte November brachte endlich den Schnee, auf den alle immer sehnlicher gewartet hatten. Nach drei Tagen, an denen es immer wieder schneite, lag fast ein Meter Schnee auf den Wiesen und den Dächern.

An Mummas Stammtisch rissen sie jetzt lahme Witze über den Klimawandel und die linken Spinner. Bis Renato, unser Biobauer, erklärte, das sei nicht lustig, sie hätten eben noch über den fehlenden Schnee gejammert, über die unsichere Wintersaison, die Wärme, die das Beschneien verunmögliche, und sowieso: Sie alle wüssten, was in den vergangenen Sommern abgegangen sei, vor allem im letzten, der viel zu heiß und trocken gewesen war. Normal sei so was nicht. Das mit dem Klimawandel, das sei schon so. Das schlecke keine Geiß weg.

Es wurde still. Der eine oder andere nickte schweigend, ein paar senkten die Blicke und starrten auf ihre Hände. Ich dachte daran, wie Jelscha und ich in den Bus und dann in den Zug gestiegen waren, um an einer Klimademo in Chur teilzunehmen. Und wie wir danach Strafstunden am freien Mittwochnachmittag hatten absitzen müssen. Weil sonst jeder auf die Idee kommen konnte, sich einen chilligen Freitagnachmittag in Chur unten zu machen. Die Demo war das Nachsitzen wert gewesen.

An jenem ersten Schneetag im November brach Totenhügel-Toni das Schweigen am Stammtisch. »Vielleicht pressiert es darum dem Annen nicht so mit dem Bauen«, meinte er. »Der will erst einmal sicher sein, dass es bei uns überhaupt noch eine Wintersaison gibt.«

»So ein Blödsinn«, widersprach ihm Renato. »Dem war das doch nie richtig ernst.«

Eine Weile redeten alle durcheinander und gleichzeitig.

»Also, frischen Wind würde er schon bringen«, meinte Toni. »Vielleicht baut er uns auch gleich einen neuen Skilift. Für den Tourismus wäre das gut. Und für die Jungen im Dorf auch.«

»Was meinst denn du?«, fragte mich Gemeinderat Luzi, der sich an diesem Abend an Mummas Stammtisch verirrt hatte.

Mumma warf mir einen warnenden Blick zu. Ich entschied, dass es besser war, nichts dazu zu sagen. »Ich werde in der Küche gebraucht«, antwortete ich.

Mumma nickte. »Und ihr solltet aufhören, euch die Mäuler zu zerreißen«, hörte ich sie sagen.

Ich verzog mich in die Küche, putzte Pfannen und polierte Oberflächen. Aber die Frage, wie ich zu Annens Plänen stand, ging mir nicht aus dem Kopf. Seit Wochen schon. Ich wollte unbedingt, dass dieses Resort gebaut wurde. Gleichzeitig hasste ich mich dafür. Mumma würde die *Alpenrose* verlieren, Jonny sein *Cave* und Jelscha ihr Zuhause, wenn Annen seine Pläne umsetzte.

Ich stand in unserer blitzblanken Küche und hatte nicht die leiseste Ahnung, wie wir aus dieser Sache herauskommen sollten. Es ging nicht ums Gewinnen oder Verlieren, es ging um Menschen. Um Leben. Um unsere Zukunft.

Wir brauchten dieses Resort. Es gab genug sterbende Dörfer in den Nebentälern, in denen nur noch ein paar Alte wohnten - und bald gar niemand mehr.

»Weißt du«, sagte Jelscha einmal zu mir. »Wenn es nicht um Jonnys *Cave* ginge ...«

Ich verstand, was sie mir sagen wollte.

Angst

Du hast dich entschieden,
verloren zu gehen.
Du hast dich entschieden,
keine Spuren zu hinterlassen.
Du hast dich entschieden,
ein Leben ohne mich zu leben.

Wer verloren gehen will,
will nicht gefunden werden.

Ich habe mich entschieden,
dich nicht zu suchen.
Ich habe mich entschieden,
den Grund nicht wissen zu wollen.
Ich habe mich entschieden,
ein Leben ohne dich zu leben.

Wer nicht suchen gehen will,
will die Antworten nicht kennen.

Und dann finden dich die Fragen
Und dann finden dich Antworten,
Und dann findet dich die Angst.

Ich habe mich entschieden,
dass ich es lasse.
Ich weiß nicht, wo du bist,
du weißt, wo du mich finden kannst.
Tu es oder tu es nicht
Ich denke, wir haben beide Angst.

Wer verloren gehen will,
will nicht gefunden werden.
Wer nicht suchen will,
hat Angst vor den Antworten.

Meine erste Schlägerei

Ich glaube, lange Zeit hat Jelscha davon geträumt, dass ihre Mutter eines Tages einfach vor ihrer Tür steht. Später haben wir davon gesprochen, sie suchen zu gehen. So schwierig konnte das nicht sein. Das Internet wusste alles. Und Andrina Gadinas gab es schließlich nicht wie Sand am Meer. Aber etwas mussten wir falsch machen, denn egal, wie oft wir ihren Namen eintippten, wir fanden nichts. »Vielleicht hat sie geheiratet«, sagte ich.

Wir versuchten es mit ihrem Vornamen und ihrem Geburtsdatum. Dann nur mit ihrem Vornamen und der Bildsuche. Jelscha löcherte Jonny und er gestand ihr, dass er auch nach seiner Schwester gesucht hatte. Vergeblich.

»Denkst du, dass sie tot ist?«, fragte Jelscha.

»Das hätten wir erfahren«, antwortete Jonny.

Und so gab es für uns nur eine logische Schlussfolgerung. Andrina Gadina hatte ihre Spuren verwischt.

Jelscha suchte nach Gründen und fand sie in den Geschichten, die sie sich über ihren Vater ausdachte. Ich hatte immer geahnt, dass sie viel abgebrühter klang, als sie sich fühlte. Und dass sie Angst hatte.

Doch Jelscha redete nicht über ihre Angst. Sie sprach nicht darüber, was das Wort *Wegmachen* in ihr zerstört hatte, aber etwas war kaputtgegangen. Ich war nicht der Einzige, der das bemerkte. Luca fand heraus, dass seine Sprüche über Cla einen wunden Punkt trafen, auch wenn Jelscha tat, als machten sie ihr nichts aus.

Ende November wurde Jelscha krank und fehlte in der Schule. Luca kommentierte das auf seine Weise. »Dann hoffen wir mal, dass sie nicht im Schlafanzug nach ihrer Mutter sucht.«

Ich wartete nicht mal, bis die Schule aus war, sondern rammte ihn auf dem Weg aus dem Klassenzimmer. Und dann begann ich die erste Schlägerei meines Lebens. In der Schule im Flur. Meine Wut war so riesig, dass ich es schaffte, Luca von den Füßen zu fegen. Es gelang mir sogar, ihm einen Schlag zu verpassen. Nicht dorthin, wo ich gewollt hatte, nämlich in sein faules Maul, ich streifte ihn nur am Arm. Keine Sekunde später lag ich unter ihm. Verloren, dachte ich, jetzt bin ich dran. Doch dann geschah etwas, womit ich nie gerechnet hätte: Eine ziemliche Menge Leute zogen Luca von mir weg. Aber nicht nur das; einige von ihnen schlugen dorthin, wo ich ihn verfehlt hatte.

»Halt endlich deine beschissene Fresse!«, rief Diego, eigentlich ein dicker Freund von Luca.

Ich wollte aufstehen, aber ich war viel zu benommen und fiel zurück auf die Knie. Sofia packte mich am Arm und half mir.

Dann war auch schon der Ziegler da.

»Was ist hier los?«, fragte er.

Niemand antwortete.

»Wer hat angefangen?«

Wir schwiegen.

Luca rappelte sich hoch. Er sah mich nicht an. Niemand sah mich an. Aber später, als wir alle zusammen über den Pausenhof gingen und zur Strafe jedes kleinste Fitzelchen Abfall vom Boden klaubten, war Luca plötzlich neben mir.

»Tut mir leid, Mann, das war scheiße von mir.«

»War es«, gab ich ihm recht.

Er hörte auf, Jelscha zu provozieren. Und er machte nie mehr Witze über Cla oder ihre Mutter.

Ich habe versucht, mit Jelscha über das *Wegmachen* zu sprechen. Sie wollte nicht. »Das ist eine Sache zwischen mir und mir«, sagte sie.

»Vielleicht irrt sich seine Erinnerung.«

»Nein. Es ist so, wie ich es immer schon wusste. Sie wollte mich nicht.«

Jelscha war mir zu wichtig, um jetzt einfach aufzugeben. »Vielleicht hat er es ihr verboten, ohne dass sie das überhaupt vorhatte.«

»Lass es einfach, Elia.«

Sie klang so unendlich traurig. Ich hätte ihr sagen können, dass sie ja da war, dass ihre Mutter sie nicht weggemacht hatte, dass das einen Grund haben musste, doch ich fühlte, dass ich nicht weiter nachbohren durfte.

Und Luca, dieser Idiot, hatte Jelschas größte Angst auch noch auf ihrem Lieblingsstein verewigt. Selbst wenn es mir gelingen würde, den Schriftzug irgendwie wegzubekommen, er wäre trotzdem immer da.

Zwischen Mumma und mir war es schwierig, aber sie hatte mich haben wollen. Nun wollte sie mich zwar so, wie ich nicht war und nie sein würde, aber sie war da. Das war meistens anstrengend und manchmal kaum auszuhalten. Und trotzdem konnte ich mir nicht vorstellen, wie es wäre, wenn sie nicht da wäre.

Ich wusste nicht, wie man so etwas aushalten konnte und noch weniger, wie ich Jelscha den Schmerz nehmen sollte.

Es gab eine Zeit

Es gab eine Zeit,
da konnte ich fliegen,
ein Adler im Wind.
Es gab eine Zeit,
da zählte ich Sterne,
den hellsten im Herz.
Es gab eine Zeit,
da brauchte ich nichts,
da wollt' ich nie weg.
Es gab eine Zeit,
da suchte ich Wärme,
und fand sie bei dir.

Jetzt trudeln wir beide
verloren im Wind,
suchen die Zukunft
und finden sie nicht.

Es gab eine Zeit,
da kamen die Zweifel
und du gabst mir Halt.
Es gab eine Zeit,
da tobte ein Sturm
und wir stürzten rein.

Jetzt trudeln wir beide
verloren im Wind,
suchen die Zukunft
und finden sie nicht.

Endlosschlaufe im Nichts

Es wurde Dezember, der Novemberschnee in Ronda schmolz, nur die Spitzen der Berge leuchteten noch in Weiß. Der Rest war grau. Ich wusste, wer ich war und wen ich liebte, aber das machte nichts besser. Ich war jemand, der ich mich nicht zu sein traute, und ich hatte keine Ahnung, wie ich damit umgehen sollte. Statt Fluchtpläne zu wälzen und mein Leben nach Ronda zu planen, steckte ich in einer Sackgasse. Ich wollte Harry Youngblood sein, aber ich war ich. Ich drehte mich in einer Endlosschlaufe im Nichts. Und ich schaffte es nicht, das Richtige zu tun. Das Richtige wäre gewesen, mit Jelscha zu reden. Sie hätte zugehört, auch wenn sie gerade selbst von ihren Gefühlen überrollt wurde. Jetzt ist mir das klar. Damals verlor ich den Kompass. Und dann, in einem Anfall zwischen Selbsthass und Aufbäumen, schickte ich eine Bewerbung an eine Werbeagentur in Zürich. Die suchten einen Praktikanten. Sie hätten aber auch sonst wen suchen können. Ich bewarb mich, weil auf der Firmenwebseite alle Leute so aussahen, wie ich aussehen wollte.

Dezember war auch der Monat, in dem selbst der Letzte in Ronda begriff, dass sich etwas ändern würde, ob mit oder ohne Luxusresort von Annen. Bergmenschen können die Natur lesen. Alle wussten von etwas zu berichten, das sie bisher noch nie gesehen oder erlebt hatten. Und wem das noch nicht reichte, den überzeugte der fast leere Stausee im Nebental. Natürlich hatte es schon früher schneearme Winter gegeben, aber alle waren sich einig, dass es dieses Jahr anders war.

»Wenn wir Pech haben, stellen sie uns die Anlagen ab«, erklärte Ernst vom Bauamt. »Nicht nur die zum Beschneien, sondern auch die Skilifte.«

Für Ronda wäre das eine Katastrophe. Obwohl immer weniger Gäste den Weg zu uns fanden, lebten hier doch viele Menschen vom Tourismus.

Noch nie war die Stimmung am Stammtisch so gedrückt gewesen. Es wurde zwar wie eh und je geschimpft und ab und zu mit den Fäusten auf den Tisch gehauen; viel schlimmer war jedoch das dumpfe Schweigen, dass sich immer häufiger über die Runde legte. Bis jetzt waren sich die meisten einig gewesen, dass es weiter gehen würde, so, wie es stets irgendwie weitergegangen war. Jetzt stand alles auf der Kippe. Auch das *Mountain Nature Resort.*

Conradin Annen gab stets dieselbe Antwort: »Wir arbeiten an den Details.« Nur spürten wir hier in Ronda nichts davon.

»Annen hat kalte Füße bekommen«, meinte Ernst. »Deshalb hat er noch kein Baugesuch eingereicht.«

Nicht alle teilten diese Ansicht. Ein paar waren weiterhin überzeugt, dass Annen mit seinem Zuwarten Jonny zermürben wollte. Und andere rätselten darüber, ob Annen nicht nur das Resort bauen, sondern auch gleich das Skigebiet übernehmen wolle. Das Skigebiet von Ronda war nicht groß, aber es lag ziemlich weit oben, dort, wo es üblicherweise schneesicher war. Wenn Annen auch in die Liftanlagen investierte, wäre das unsere Lösung und unsere Rettung.

»Aber nur, wenn die Winter wieder kälter werden und wir genug Strom haben«, machte Renato die aufkeimende Hoffnung zunichte.

Jelscha erzählte mir, dass es bei Jonny im *Cave* ähnlich klang. Und auch in der Schule waren der fehlende Schnee und das Resort von Annen ein Dauerthema. Die Zukunft rückte mit jedem Tag, an dem Annen kein Baugesuch einreichte, weiter weg und gleichzeitig unerbittlich näher.

Zu allem Übel hatten wir so viel Nebel wie sonst nie im Dezember. Armin aus dem Fuchstobel verunfallte auf dem Weg nach Hause. Sie fanden ihn erst am nächsten Morgen, schwer verletzt und halb erfroren. Die Feuerwehr musste ihn aus seinem Wagen schneiden.

»Hat ihn schlimm erwischt«, meinte Renato am Abend am Stammtisch. »Wir sammeln für seine Frau und seine Kinder.«

Eine bittere Resignation legte sich über das Dorf. Fast so, als hätten alle gleichzeitig aufgegeben. Geschlossene Fensterläden in den Zweitwohnungen zeigten uns deutlich, dass etwas zu Ende gehen würde. Plötzlich war es nicht mehr wichtig, ob Jonny nun verkaufte oder nicht. Ging sowieso alles den Bach runter.

Sogar Mumma hatte ihre trotzige Zuversicht verloren. Sie wirkte kleiner und zerbrechlicher als sonst. Zwar schmückte sie das Hotel weihnachtlich, doch ohne eine verschneite Berglandschaft wirkte die Dekoration fehl am Platz.

Als wir am Tiefpunkt angekommen waren, sagten die Annens ihre Weihnachtsferien in Ronda ab. Noch in der gleichen Nacht sprayte jemand *Wir arbeiten an den Details* auf die Wand neben der Eingangstür des Hotel Talgrund. Und dahinter einen in die Höhe gestreckten Mittelfinger.

Ich wusste nicht, was ich fühlte oder fühlen sollte, aber ich merkte, wie sich in mir drin eine Art Kernschmelze vollzog. Die ganze Anspannung, die ganze Angst, die ganze Scham, alles schmolz zu einer klebrigen, giftigen Masse zusammen und blubberte in meinem Magen vor sich hin. Mittendrin wummerte ein Schmerz, wie ich ihn noch nie erlebt hatte. Ich verstand das lange nicht. Bis mir klar wurde, dass ich die ganze Zeit davon ausgegangen war, Laurin an Weihnachten zu sehen. Ich hatte Angst davor, aber gleichzeitig sehnte ich mich danach. Wenn das Liebe war, wollte ich sie nicht.

Ich hörte keine Musik mehr, weil ich sie nicht aushielt. Ich hatte keinen Hunger, aber ich aß, damit mir Mumma und Bab keine Fragen stellten.

Ich fühlte, wie Babs Blick auf mir ruhte, wenn er dachte, ich bemerke es nicht.

»Du mutest ihm zu viel zu«, hörte ich ihn zu Mumma sagen.

Einmal, als ich im Keller etwas für die Küche holen ging, stand er plötzlich neben mir. »Wenn du reden willst …« Er legte seine Hand auf meine Schulter.

»Schon gut«, antwortete ich. »Ich komme klar, Bab.«

Er nickte traurig und ich sah ihm an, dass er mir nicht glaubte. Vielleicht hätten er und ich noch ein paar Minuten gebraucht in diesem Keller unten. Weil man nach so vielen Jahren Schweigen nicht einfach aus dem Stand heraus reden kann. Und vielleicht wäre es ein gutes

Gespräch geworden, doch Mummas Stimme riss uns aus diesem Moment, der unserer hätte werden können. »Dauert das noch lange?«

»Alles gut, Bab«, sagte ich und weil ich vergessen hatte, was ich hatte holen wollen, griff ich nach dem Zucker. Den brauchte es immer.

»Komm nach Hause«, bat ich Ladina.

»Vergiss es, Elia«, antwortete sie. »Ich werde nicht mithelfen, etwas künstlich am Leben zu erhalten, das längst im Koma liegt.«

»Musst du ja gar nicht«, sagte ich. »Es ist Weihnachten, und es wäre einfach schön, wenn alle da wären.«

»Ich habe keinen Bock auf Vorwürfe von Mumma.«

»Ich würde mich freuen. Also, auf dich, nicht auf die Vorwürfe.«

Ich hörte sie atmen, stellte mir vor, wie sie ihre Haare zurückstrich und vielleicht sogar nach einer Antwort suchte. Sie schien keine zu finden, denn sie klickte mich weg. Obwohl ich wusste, dass die Verbindung tot war, lauschte ich weiter in die Stille.

Das mit Mumma und Ladina war schwierig, das mit mir und Ladina auch.

Von Anfang an hatte Mumma sie dazu verdonnert, auf mich aufzupassen. Ich spürte schnell, wie hart das für Ladina war. Wenn mich ihre Freunde bei etwas nicht dabeihaben wollten, weil ich zu klein dafür war, schloss das auch Ladina aus. Sie ließ es selten an mir aus, aber sie stritt deswegen oft mit Mumma. Die beiden schrien sich an und ich fühlte mich schuldig. Es wurde auch nicht besser, als Jelscha und ich wie zwei Kletten zusammenklebten, denn nun fand Mumma, dass Ladina mehr im Hotel mithelfen konnte, jetzt, da sie nicht mehr auf mich aufpassen müsste und Zeit habe.

Ladina tat, was Mumma von ihr erwartete, machte eine Lehre als Hotelfachfrau und arbeitete zwei Jahre lang im Hotel. Unsere Gäste mochten sie, weil sie zu allen einen guten Draht hatte. Neben der Arbeit lebte sie sich so richtig aus. Es gab keine Party, die sie ausließ. »In meiner Freizeit mache ich, was ich will«, erklärte sie Mumma. »Du hast, was du wolltest. Ich bin hier, ich arbeite im Hotel. Der Rest geht dich nichts an.«

Je älter ich wurde, desto näher kamen wir uns, denn mit jedem Jahr spielte unser Altersunterschied eine kleinere Rolle. Wir redeten über das Leben in Ronda, über unsere Wünsche und Träume.

»Mach's nicht wie ich«, sagte Ladina.

»Aber du bist doch glücklich«, antwortete ich.

»Ja, schon.« Sie zuckte mit den Schultern. »Trotzdem.«

Ich wusste damals noch nicht, was ich vom Leben wollte. Aber ich wusste schon immer, dass ich nicht in Mummas Hotel arbeiten würde. Als ich das Ladina erzählte, lächelte sie.

Am gleichen Abend lag auf meinem Kissen ein Briefumschlag. Darin befand sich eine von Ladinas wunderschönen Zeichnungen, darunter ein Zitat. *Träume nicht dein Leben, lebe deinen Traum.*

Der Spruch war nicht neu, schon damals nicht mehr, aber er traf mich mitten ins Herz.

Kurz danach verkündete Ladina an einem ganz normalen Donnerstagmittag beim Essen, dass sie weggehen werde.

Ich schaute Mumma an und sah, wie sie den Mund öffnete, um etwas zu sagen, doch Ladina kam ihr zuvor. »Ich habe schon alles organisiert und gepackt. Heute Nachmittag fahre ich nach Winterthur zu Tante Emerita und Onkel Hartwig.«

Tante Emerita hatte den Absprung aus Ronda geschafft. Sie lebte mit einem erfolgreichen Maler abwechselnd in Winterthur, Berlin und Venedig, stand ihm Model und schämte sich, im Gegensatz zu Mumma, überhaupt nicht für die Bilder, die dabei entstanden.

»Wovon willst du denn leben?«, fragte Mumma, nachdem sie ihre Sprache wieder gefunden hatte.

»Ich werden jobben, aber vor allem mache ich den Vorkurs an der Kunstschule Winterthur. Ich will danach Design oder Fotografie studieren.«

In meinem Kopf explodierte etwas. Alles war plötzlich bunter, heller, fröhlicher. Es war ein Totalflash. Das war also Ladinas Traum. Sie würde ihn leben. Und wenn sie es konnte, würde ich es eines Tages auch können.

»Wehe, du lässt dich nackt malen!«, sagte Mumma.

Es klang wie eine Kapitulation. War es wirklich so einfach? Gab Mumma so schnell auf?

Es dauerte eine Weile, bis ich merkte, was das für mich bedeutete.

Bab schien von tief innen zu leuchten. Er legte in einer zärtlichen Geste seine Hand auf Mummas Arm und meinte: »Unsere Tochter fliegt aus.«

»Dann hoffen wir mal, dass der Vogel nicht abstürzt.« Mumma entzog sich Babs Griff und stand auf. »Ich werde in der Küche gebraucht.«

Dort verkroch sie sich. Sie kam erst wieder raus, als Ladina mit ihrem Gepäck an der Rezeption stand. Ihre

Augen waren gerötet. Steif umarmte sie Ladina und zog sich wieder in die Küche zurück. Bab und ich brachten Ladina zur Busstation.

Sie breitete die Arme aus und drückte mich an sich. »Vergiss deine Träume nicht«, flüsterte sie.

Träume. Jetzt, wo Ladina Flügel gewachsen waren, konnte ich fliegen lernen. Ich fing damit an, dass ich am gleichen Abend mit Kreide Mittelstreifen-Striche auf die Gassen zur Post runter zeichnete, meine Arme ausbreitete und schon mal bis zur Ortstafel flog. Weiter bin ich nie gekommen.

Ich presse meine Lippen zusammen und trotzdem zittert mein Kinn. Ja, Jelscha, wir trudelten. Abwärts, immer tiefer, immer schneller und immer weiter weg von der Hoffnung. Ich traue mich lange nicht, ins Buch zu schauen. Als ich es endlich wage, sehe ich den Baum. Der Text verschwimmt vor meinen Augen. Ich drücke das Buch gegen meine Brust und wünsche mir, ich könnte Jelscha nachträglich vor dem beschützen, das dann kam.

Weihnachten

W
STERN
ZUWEITWEG
SEHNSUCHTSTRAUM
VERSCHWUNDENINDENRISSEN
EINSAMERELEFANTIMLEERENRAUM
TANZTMITENGELNSCHAUERMÄRCHENREIGEN
WÄHRENDICHINTRAUERGEH
T
E
N

Weihnachten

Ladina besuchte uns nicht. Mumma verlor kein Wort darüber. Jelscha und ich schmückten wie jedes Jahr den Baum im *Cave*. Im Gegensatz zu meiner Mutter liebt Jelscha Weihnachtskitsch. So richtig. »Einmal im Jahr muss eine Ladung Kitsch her«, ist ihre Devise. »Und was würde sich besser eignen als Weihnachten.«

Ich würde es nie zugegeben, aber ich mag Kitsch am Weihnachtsbaum auch. Aber nur dort.

Früher hat Jelscha den Baum mit Großmutter Mengia geschmückt, später mit Jonny. Ich durfte helfen. *Kitsch as Kitsch can* war unsere Devise. Seit Jonny den Steampunk Raum eingerichtet hat, erst recht.

Jedes Jahr überlegten wir uns ein Thema.

Letzte Weihnachten schwankten wir zwischen *Doom, Lost* und *Hope*.

»Doom würde genial gut passen«, sagte ich und musste mich nicht einmal anstrengen, um düster zu wirken.

»Yap«, meinte Jelscha. »Lost wäre aber auch nicht schlecht.«

Am Ende einigten wir uns auf *Hope*. Weil es ohne Hoffnung nicht geht. Und weil trauriger Kitsch einfach keine Magie hat.

»Die sind für Cla«, sagte Jelscha, als sie die goldenen Kugeln mit den weiß-glitzernden Verzierungen an den Baum hängte. »Damit er den Weg aus den Rissen zurückfindet.«

Die grünen Kugeln waren für Jonny. Passend dazu bastelten wir kleine schwarze E-Gitarren aus Karton. Für mich gab es dunkelviolette Kugeln und für Jelscha rote. Rot wie ihr Kleid, rot wie die Liebe. Als wir beide gleichzeitig begannen, die silbernen Kugeln aufzuhängen, schauten wir uns an. Laurin, dachte ich. »Laurin«, sagte Jelscha.

»Und Vince?«, fragte ich.

Jelscha grinste und begann, in den vielen Schachteln nach etwas zu suchen. Schließlich zog sie vorsichtig ein paar gläserne Kugeln aus einer gut gepolsterten Dose. Ich sah perlende Wassertropfen auf nackter Haut und meine Wangen begannen zu glühen.

Wir fanden auch für jeden von Jonnys Stammgästen etwas Passendes. Am Ende war der Baum von oben bis unten dicht behängt und schillerte in allen Farben. Es fehlte nur noch der helle Stern, den Jelscha jedes Jahr zuoberst anbrachte. Sie sprach es nie aus, aber ich wusste, dass er für ihre Mutter war, eine Art Wegweiser: *Hier bin ich, wenn du mich suchst, findest du mich genau hier.*

Dieses Jahr blieb er in der Schachtel. Als Jelscha den Deckel schloss, lag ein harter Zug um ihren Mund und ihre Augen sagten: Stell jetzt bloß keine Fragen, Elia.

In unserem Hotel trafen die wenigen Journalisten ein, die ihren Aufenthalt nach Annens Absage nicht storniert hatten. Sie bissen sich an Turi die Zähne aus, der ihnen nur sagte, dass es nichts Neues zu sagen gab. Also stürmten sie die Touristeninformation und belagerten die Stationen der Bergbahnen, um über den Schnee reden, der fehlte. Auch dort hatte niemand groß Lust, Auskunft zu geben; über den Klimawandel reden wollte sowieso keiner. Alle versteckten ihre Angst vor der Zukunft hinter einem lapidaren: »Es ist noch jedes Jahr Schnee gefallen.«

Und was sollten sie schon antworten auf die Frage, ob es sich überhaupt lohne, ein Resort in den Bergen zu bauen, wo doch der Wintertourismus mehr denn je in der Krise steckte?

Ich glaube, außer ein paar Kindern war in Ronda niemand in Weihnachtsstimmung. Wahrscheinlich auch Mumma nicht. Doch sie schmückte verbissen und mit der ihr eigenen Hartnäckigkeit den Speisesaal und den Eingangsbereich. Gleich neben der Rezeption stand unser

Weihnachtsbaum. Traditionell in Rot und Gold. Wie es sich gehörte.

An Heiligabend sprachen die Gäste von früher, wo an den Feiertagen noch Schnee gelegen hatte und Skifahren, Langlaufen und Schlitteln möglich gewesen war. Jetzt machten sie Wanderungen oder fuhren mit dem Fahrrad durch die Gegend. Sie nahmen es mit Humor, aber ich wusste, irgendwann würde die Stimmung kippen. Nicht dieses Jahr, vielleicht auch nicht nächstes, aber wenn der Schnee weiterhin ausblieb, würden sie sich eines Tages ansehen und einer würde das Unaussprechliche sagen: »Lass uns dieses Jahr zu Hause bleiben oder in den Süden fahren.«

Mumma zog bei all den Sprüchen ihrer Gäste die Mundwinkel nach oben, doch ihre Augen lachten nicht mit.

Später nach dem Auftragen des Nachtischs verschwand ich und ging ins *Cave*. An der Tür hing ein neuer Zettel:

Heute reden wir nicht über
den Elefanten im Raum.
Heute feiern wir.

Jene, auf die zu Hause niemand wartete, schlüpften bei Jonny unter. Sie genossen das warme Essen, die kleinen Geschenke am Baum, gute Musik und den Alkohol, der sie ihre Einsamkeit für eine Weile vergessen ließ.

»Welcher Elefant?«, fragte die verrückte Clara mitten in die friedliche Runde hinein.

Linard, der selten mehr als drei Worte an einem Abend sagte, stand etwas steif auf, hinkte zu Clara hinüber und streckte ihr die Hand entgegen. »Willst du mit mir tanzen?«

Clara vergaß ihre Frage, und wir schauten zu, wie die beiden abrockten, als wären sie noch einmal zwanzig. Am Ende klatschten wir alle im Takt der Musik. Nachdem der letzte Ton des Songs verhallt war, ließen sie sich erschöpft am selben Tisch auf die Stühle fallen, saßen einander den Rest des Abends gegenüber und sahen sich gegenseitig an wie zwei, die sich zum ersten Mal begegnen und auf Anhieb mögen.

Cla drehte seine Runden, setzte sich an verschiedenen Tischen dazu und stellte sich vor. Die meisten spielten mit, stellten sich ebenfalls vor und erzählten Geschichten von früher. Clas Gesicht war leuchtend rot, seine Augen so lebendig wie lange nicht mehr. Am Ende eines langen Abends sangen alle außer mir. Jelscha griff nach meiner

Hand, aber sie sah mich nicht an, sondern wischte mit der anderen Hand die Tränen aus ihren Augen.

Später räumten wir mit Jonny auf und spazierten danach zur Brücke.

»Scheißweihnachten«, sagte Jelscha.

Das hatte sie noch nie gesagt.

»Aber das mit Linard und Clara, das war schön«, antwortete ich.

»Ja, das war es.« Sie hängte sich bei mir ein. »Ich bin froh, dass es dich gibt, Elia.«

»Und ich bin froh, dass es dich gibt, Jelscha.«

Viel mehr redeten wir nicht. Wir mussten unsere Handys hervornehmen und die Taschenlampe aktivieren, denn am Himmel hingen dicke Wolken.

Während wir schweigend nebeneinander hergingen, hüpften vor uns bei jedem Schritt die Lichter auf und ab.

Irgendwann begann Jelscha zu singen. Das Lied mit dem roten Kleid.

»Liebst du ihn?«, fragte ich.

»Vince?«

Einen Moment lang brannte mein Herz. Kamen denn noch mehr in Frage, und wenn ja, wer? Viele standen nicht zur Auswahl. Genau genommen nur einer.

»Ja«, sagte ich heiser.

»Ich weiß nicht«, antwortete sie. »Er bringt mich zum Lachen.«

Wir gingen mindestens zweihundert Meter bis sie anfügte: »Ich glaube, er tut mir gut.«

Das war etwas wenig für eine Liebe, fand ich. Aber ich sagte nichts. Weil ich nicht über die Liebe sprechen wollte. Es war blöd von mir, überhaupt damit angefangen zu haben.

»Aber nicht so gut wie du«, fügte sie nach weiteren zweihundert Metern an.

Spätestens da hätte ich etwas sagen können. Ich tat es nicht, sondern presste ein krächzendes »Danke« über meine Lippen.

Bei der Brücke lehnten wir uns über das Geländer und spuckten in den Fluss. Ich hatte Angst vor meinen Wünschen. Und deshalb wünschte ich mir nichts für mich, sondern etwas für Jelscha.

Es war ein ungeschriebenes Gesetz, dass wir uns nicht verrieten, was wir uns gewünscht hatten, denn nur Wünsche, die man für sich behält, gehen in Erfüllung.

»Ich habe mir gewünscht, dass alles gut wird«, sagte Jelscha und brach damit unser Gesetz.

»Ich auch«, sagte ich.

Am nächsten Tag waren die Medien voll mit Bildern der Annens. Ich sah nur eines. Vince und diese neue Sängerin, die in den USA gerade die Charts stürmte. Beide trugen eine kindische Weihnachtsmütze und küssten sich.

»War sowieso nicht für die Ewigkeit«, sagte Jelscha.

Ich hasste den Arsch aus ganzem Herzen.

Ich merke, dass ich immer noch das Buch an mich drücke. Mein Herz klopft dagegen, als wolle es sich mit Jelschas verbinden. Es ist gut, Elia, höre ich sie sagen. Du kannst loslassen.

Niemandsland

die dünne rote linie gibt es nicht
was zeiten scheidet ist ein niemandsland
zwischen dem leben wie es mal war
und dem leben wie es jetzt ist

vielleicht gibt es den roten punkt
den einen moment der alles bestimmt
das tor zum gang durchs niemandsland
vom leben davor zum leben danach

wo war der punkt für den hellsten stern
durch welches niemandsland ist sie gegangen
aus einem leben wie es mal war
in ein neues leben ohne mich

wo war der punkt für großvater cla
der den schalter in ihm kippen ließ
ihn durch seine risse trieb
den kopf zerfraß das hirn verschlang

wo ist der punkt für mich und dich
an dem die zukunft sich entscheidet
das rote kleid ich zieh es aus
verbrenne es im garten hinter dem haus

wo war der punkt für mich und dich
der eintritt in unser niemandsland
in dem du für dich verloren gehst
und ich dich nicht mehr finden kann

unser leben davor es war doch gut
unser leben danach wie wird es sein
wir spucken träume in den fluss
und wünschen uns das leben schön

wandeln durch endloses niemandsland
verloren im sumpf versengt im sand
irgendwo muss ein tor sich öffnen
die hoffnung leuchten irgendwann

Bab

Ich versinke in Jelschas Niemandsland, ich sehe nichts, ich höre nichts. Und deshalb bemerke ich Bab erst, als er sich neben mich setzt. Er scheint so sprachlos wie ich. Knetet seine Hände. Schweigt. Starrt auf den Boden, die Landschaft vor uns, in die Ferne. Sein Mund öffnet und schließt sich, doch es kommen keine Worte raus.

Ich zeige ihm das Buch. »Hat mir Jelscha geschenkt«, sage ich.

»Es ist schön.«

»Sind Songs drin. Und Gedichte.«

Er nickt. »Das kann sie gut.«

Ja, das kann sie gut.

Wenn es nur nicht so weh täte.

»Ich bin schwul, Bab«, sage ich, bevor er es ansprechen muss. Mumma hat es ihm bestimmt erzählt, sonst wäre er nicht hier.

Mir wird bewusst, dass ich das Wort zum ersten Mal nicht nur gedacht und geschrieben, sondern laut ausgesprochen habe. Mein Herz hämmert gegen die Brust, als ob es raus möchte, an einen anderen, sicheren Ort, wo es keine Worte gibt, die dich dafür abstrafen, was und wer du bist.

»Und ich fürchte, ich bin kein wirklich guter Vater«, antwortet er.

Ich merke, dass ich nie darüber nachgedacht habe, ob Bab ein guter Vater für mich ist. Er war einfach immer da. Ein schweigender Schatten meiner Mutter. Nein, das stimmt nicht. Das ist nicht fair. Er war oft für Ladina und mich da. Genau das sage ich ihm. »Du hast viel mit Ladina und mir unternommen.«

»Aber ich habe euch nie gefragt, wie ihr euch fühlt. Oder wovon ihr träumt.«

»Hey, so sind sie, die Leute in den Bergen«, versuche ich zu scherzen.

»Nicht alle«, antwortet er ernst. »Ich hätte mehr mit euch reden können.«

»Reden ist nicht wirklich dein Ding, Bab.«

Er zuckt etwas hilflos mit den Schultern. »Ja, ich weiß.«

»Mach dich nicht verrückt. Es ist okay«, sage ich.

»Du musst nicht in Ronda bleiben«, meint er.

»Ich weiß.«

»Aus dir kann so viel werden. Du … du hast bestimmt Träume.«

Ich schaue ihn an. In seinen Augen stehen Tränen. Ich habe Bab noch nie weinen sehen. Und mir wird klar, dass er auch mal Träume hatte. Eigene. Gerne würde ich ihn fragen, was daraus geworden ist. Aber jetzt ist der falsche Moment. Ich glaube, er weint nicht wegen seiner Träume. Sondern weil ihm meine wichtig sind. Ich lege meine Hand auf seine rastlosen, verkrampften Hände. »Die habe ich, Bab. Und ich werde sie leben.«

»Das ist gut zu hören, Sohn.« Er räuspert sich. »Da ist noch eine Sache. Ich ... ich mache mir ein wenig Sorgen.«

Ich schließe die Augen und würde am liebsten auch die Ohren zuhalten. Das war das beste Gespräch, das wir je hatten. Ich möchte nicht, dass er es kaputt macht.

»Ich komme klar«, sage ich schnell und hoffe, das reicht ihm. »Schwulsein ist kein Drama.«

Sagt genau der Richtige, schießt es mir durch den Kopf. Ich bringe nicht mal das Wort über die Lippen, ohne dass mein Herz beinahe explodiert.

Bab schaut mich ernst an. »Aber auch nicht immer einfach. Besonders hier in Ronda nicht.«

Ich denke an Sepp und Sofia und daran, dass alle Menschen ein Herz haben, auch die Leute hier in Ronda. »Vielleicht nicht ganz so schwierig, wie ich dachte.«

»Hoffen wir es.«

Er schweigt eine ganze Weile und gerade, als ich denke, es ist alles gesagt, redet er weiter.

»Die Leute sagen, du sitzt schon den ganzen Morgen auf dieser Bank. Seit Jelscha weg ist. Ich weiß, dass du oft mit ihr hier warst. Und wie viel sie dir bedeutet. Du wirst dir doch nichts …« Seine Stimme franst aus.

Ich bin so überrascht, dass ich lache.

»Nein, Bab«, antworte ich schnell, als ich seinen verletzten Gesichtsausdruck bemerke.

Jetzt endlich entspannt er sich. Er legt die Hände auf seine Knie, bleibt eine Weile so sitzen und steht dann auf. »Wenn du mich brauchst …«

»Soll ich dir verraten, was Jelscha und ich hier getan haben?«

Er dreht sich zu mir um. In seinen Mundwinkeln zuckt es. »Ihr habt in den Fluss gespuckt.«

War ja klar, dass er das gewusst hat. Wahrscheinlich hat sich jemand über mich beschwert.

»Weißt du auch, warum?«

»Weitspuckwettbewerb? Oder wolltet ihr mit eurer Spucke Fische treffen?«

Ich muss schon wieder lachen. Diesmal lacht Bab mit. Etwas heiser, als sei er völlig aus der Übung.

»Wir haben uns was gewünscht.«

»Hat's geholfen?«, fragt er.

»Manchmal.«

Er geht zur Brücke, lehnt sich vor und spuckt hinunter. Als er weg ist, gehe auch ich zur Brücke. Meine Schritte fühlen sich leicht an. Ich spucke ins Wasser und wünsche mir, dass Babs Wunsch in Erfüllung geht.

»Was für ein verrückter Tag«, sage ich zu Jelschas Buch, das jetzt meins ist.

Ein Jelscha-Tag, höre ich sie antworten, obwohl sie in der Zwischenzeit bestimmt zweihundert oder mehr Kilometer von hier entfernt ist.

Ich nehme das Buch von der Bank und öffne es.

Fliegen lernen, steht da.

Und ich sehe mich auf der Brücke, in einer anderen Zeit, dem Leben im Niemandsland. Als ich Jelscha davon erzählte, wie ich mich fühlte.

Fliegen lernen

Du hast mir gesagt,
du musst fliegen lernen.
Besser spät als nie,
hast du gesagt.
Irgendwann,
als wir auf der
Brücke standen.
Hast du gesagt,
du willst fliegen lernen.
Und weißt nicht wie.

Wenn man Flügel kaufen könnte,
hätte ich sie für dich gekauft.
Aber Flügel müssen wachsen,
und deine Flügel lassen sich Zeit.

Du hast mir gesagt,
du musst leben lernen.
Besser spät als nie,
hast du gesagt.

Irgendwann,
als wir auf der
Brücke standen.
Hast du gesagt,
du willst leben lernen.
Und weißt nicht wie.

Wenn man Träume kaufen könnte,
hätte ich sie für dich gekauft.
Aber Träume müssen reifen.
Und deine Träume lassen sich Zeit.

Flugversuche

»Elia, da ist ein Brief für dich.«

Mein Herz wummerte los. Ich glaubte tatsächlich einen Augenblick lang, mein heimlichster Wunsch hätte sich erfüllt und Laurin hätte mir geschrieben. Der Umschlag, den Mumma mir hinhielt, sah aber eher geschäftlich aus.

Das Schreiben kam aus Zürich. Ich brauchte eine Weile, bis ich begriff, dass es die Antwort auf mein Bewerbungsschreiben war.

Ein Herr Martin Forrer entschuldigte sich dafür, dass ich so lange hatte warten müssen und schrieb, dass er mich gerne zu einem Vorstellungsgespräch einladen würde. Mit einem Vorschlag für einen Termin. Ein Mittwochnachmittag. Ich würde einen schulfreien Morgen für die Anreise benötigen. Den würde ich Mumma erklären müssen. Und sowieso, die würden mich gar nicht nehmen. Was konnte ich denen schon bieten?

»Was will diese Firma denn von dir?«, fragte Mumma.

Ich zuckte mit den Schultern. »Ach, ist nur Werbung.«

Mumma griff nach dem Brief. »Werbung?«

Ich zog meine Hand zurück. »Siehst du doch, steht sogar auf dem Umschlag. Werbeagentur.«

»Was ist los, Elia?«

»Nichts.«

Viel später lag ich im Bett und wünschte mir, nicht ich zu sein. Und noch viel später, nach einer schlaflosen Nacht, war mir klar, dass es einzig an mir lag, etwas zu ändern. Ich war es, der wegwollte, aber nicht einmal damit anfing, es zu versuchen.

»Ich fahre nach Zürich«, kündigte ich am nächsten Tag beim Mittagessen an.

»Nicht jetzt«, antwortete Mumma. »Jetzt wirst du hier gebraucht.«

»Ich habe ein Vorstellungsgespräch«, erklärte ich.

Mumma starrte mich an, als hätte ich soeben sie und das ganze Leben verraten. »Du also auch«, sagte sie und aß schweigend weiter.

Bab füllte das Schweigen mit Fragen. Es war gut gemeint und ich weiß, dass er sich echt dafür interessierte, bei welcher Firma und für welchen Beruf ich mich vorstellen wollte, aber ich brachte meine Antworten kaum raus, weil ich mir vorkam wie ein Hochstapler.

Werbeagentur! Das war doch drei Nummern zu groß für mich.

Ein paar Tage später saß ich in der Rhätischen Bahn, aus den Kopfhörern wummerte der Soundtrack zu meinem

Roadtrip, der weniger Road- als Bahntrip war. Egal, Trip war Trip. In Chur stieg ich in den Direktzug nach Zürich. Von dort lief ich zu Fuß zur angegebenen Adresse. Ich überlegte mir, wie es sein würde, hier zu arbeiten, hier zu leben. Hier würde es egal sein, ob ich schwul war oder nicht. Luca behauptete immer, in Zürich seien alle *queer*. Dabei spuckte er das Wort so verächtlich aus, als sei es schmutzig. Wenn er richtig in Fahrt kam, folgte dem Wort *queer* das Wort *woke*; da spuckte er noch etwas kräftiger und meinte, er würde nie, gar nie in so einer Stadt leben wollen.

»Passt ja prima«, hat Jelscha zu ihm gesagt. »Auf so einen wie dich warten die da unten ganz sicher nicht.«

Die warteten auch nicht auf einen wie mich. Ich fühlte mich unsichtbar zwischen all den Menschen, doch dann dachte ich daran, wie sich coole Menschen bewegen und bewegte mich wie sie. Ich wich nicht jedem aus, der mir entgegenkam, sondern ging entschlossen auf meiner Linie. Es funktionierte. Ich spielte ein Spiel. Mal wich ich aus, manchmal musste der andere Platz machen. Und dann stand ich plötzlich einem Typen direkt gegenüber. Wir waren beide einfach direkt weitergegangen. Ich sah wilde Locken, dunkle Augen, eine gerade geschnittene Nase, einen weichen Mund und stellte mir für einen Augenblick vor, diesen Mund zu küssen. Der verzog sich zu einem Grinsen.

»Hi«, sagte der Typ mit dem wunderschönen Mund.

Ich stand wie angewurzelt da. Eine mittlerweile vertraute Hitze schoss in mein Gesicht, ich stammelte ein hilfloses »Hallo«, kehrte um und hastete davon.

Während ich über das Kopfsteinpflaster der Altstadt stolperte, flimmerte mein Herz wie eine alte Neonröhre und ich fragte ich mich, ob man mir mein Schwulsein ansah. Ob es nur Menschen in der Stadt erkannten oder auch die Leute in Ronda. Ich versuchte mich krampfhaft zu erinnern, ob ich etwas getan oder gesagt hatte, mit dem ich mich bei Laurin hätte lächerlich machen können. Jedes Grinsen von Vince bezog ich auf mich.

Die Stadt verlor ihren Glanz. Ich kehrte um. Ging zurück zum Bahnhof. Schrieb eine Nachricht an Martin Forrer, der auf mich wartete. Entschuldigte mich. Es sei etwas dazwischengekommen. Stieg in den nächsten Zug nach Chur. Dort in die Rhätische Bahn. Und dann ins Postauto. Mit jedem Umsteigen fühlte ich mich kleiner. Ich packte das nicht. Weder in Ronda noch in der Welt da draußen.

Ich konnte nicht fliegen. Einer wie ich flog nicht.

Jelscha war die Einzige, der ich die Wahrheit erzählte.

»Ach, Elia«, sagte sie. »Irgendwann. Irgendwann wachsen auch dir Flügel. Ganz bestimmt.«

Ich wünschte mir so sehr, dass sie recht hatte.

Geistertanz

Die Geister der Vergangenheit
spielen Karten um unsere Zukunft.
Vergessen schlägt Erinnerung.
Eine neue Welt entsteht.

Sie sind da, sie sind da, sie sind da,
und sie tanzen Ringelreihen,
die Geister aller Zeiten.

Die Geister der Zukunft lauern
in den Schatten unserer Ängste.
Zerstörung schlägt Geborgenheit,
eine alte Welt zerbricht.

Sie sind da, sie sind da, sie sind da,
und sie tanzen Ringelreihen,
die Geister aller Zeiten.

Die Geister unserer Gegenwart
irrlichtern von Gau zu Gau.
Lähmung schlägt die Zuversicht.
Und die Welt entgleitet uns.

Sie sind da, sie sind da, sie sind da,
und sie tanzen Ringelreihen,
die Geister aller Zeiten.

Geister

Wir haben sie alle gespürt, diese Geister. Sie versteckten sich in Nebelschwaden, in der Dunkelheit der Nacht, im Grau-Weiß dieses seltsamen Winters, und sie nisteten sich in unseren Köpfen ein.

Die Geister der Vergangenheit riefen immer stärker nach Cla. Jonny und Jelscha mussten ihn einschließen, wenn er allein in der Wohnung war. Schon zwei Mal hatten sie ihn stundenlang gesucht. Einmal kam er bis zu Sepps Hof. Sepp rief Jonny an, doch Cla weigerte sich, mit Jonny nach Hause zu gehen.

»Ich kenne diesen Mann nicht«, behauptete er.

Er verlangte nach seiner Tochter Andrina. Jonny holte Jelscha. Cla schloss sie in seine Arme, begann zu weinen und konnte fast nicht mehr beruhigt werden.

An jenem Abend kam Jelscha zu mir. Sie warf Steinchen gegen mein Fenster und ich ließ sie zur Hintertür rein. Sie setzte sich auf mein Bett, zog die Beine an und umschlang sie mit ihren Armen. Eine ganze Weile sagte sie kein Wort.

Ich setzte mich neben sie und wartete. Sie löste die Arme von ihren Beinen, lehnte sich an mich und erzählte mir, was passiert war.

»Er hat so sehr geweint«, sagte sie. »Und er hat mich um Verzeihung gebeten. Aber ich bin sicher, er meinte nicht mich, sondern meine Mutter. Elia, ich glaube, er und Großmutter Mengia haben etwas Schreckliches getan.«

»Hat er Andeutungen gemacht, was es sein könnte?«, fragte ich.

Jelscha schüttelte müde den Kopf. Ich legte meinen Arm um sie. Wir saßen da und schwiegen. Mein Kopf war voller Gedanken, mein Herz voller Ängste.

»Ich weiß wirklich nicht mehr, was besser ist«, brach Jelscha irgendwann das Schweigen. »Das Wissen oder das Nichtwissen.«

Über diesen Satz dachte ich noch lange nach. Ich erinnerte mich an all die Geschichten, die sich Jelscha über ihre Mutter ausgedacht hatte.

»Aber es geht dir doch gut bei uns«, antworteten Großmutter Mengia und Großvater Cla, wenn Jelscha Fragen stellte. Später, als Jelscha älter war und ihre Fragen hartnäckiger wurden, bekam der Satz einen vorwurfsvollen Unterton. Bis Jelscha das Fragen einstellte. »Sie haben recht«, sagte sie zu mir. »Ich habe es gut bei ihnen. Bestimmt besser als bei einer Mutter, die mich nicht will.«

Sie entschied sich für das Nichtwissen. Weil das Wissen endgültig wäre. Und eine schreckliche Wahrheit keinen

Platz für Hoffnung lassen würde. Aber an jenem Abend, an dem Jelscha bei mir auf dem Bett saß und mir von Großvater Cla und seinen Andeutungen erzählte, spürte ich, dass sich etwas änderte.

Und ich, fragte ich mich. Wie ist das bei mir? War es mir vor dem Auftauchen der Annens besser gegangen? Wer wäre ich, wenn ich Harry Youngblood nie begegnet, nie mit meinem Blick an den langen Wimpern von Laurin hängengeblieben wäre, nie den perfekten Körper von Vince mit den Augen verschlungen hätte, mir nie vorgestellt hätte, wie es wäre, Laurins Lippen an meinen zu fühlen? Ginge es mir dann besser? Wäre mein Leben einfacher? All diese Fragen waren sinnlos, denn mein Leben war, wie es war.

Die Geister der Zukunft sogen unsere Ängste auf und verteilten sie neu. Sie raunten uns in langen Nächten Zweifel in die Ohren, bis wir selber zu Geistern wurden. Blasse Gesichter, Ringe unter den Augen, die Blicke leer oder voller Wut. Man suchte einen Schuldigen. Für die einen war es Annen, für die anderen war es Jonny. Aber vor allem war es das Wetter.

Als der Schnee Ende Januar doch noch kam, wurde es für eine Weile besser. Am Stammtisch klopften sie wieder

Sprüche über den Klimawandel, den es nicht gab. Alles nur Wetter, das war schon immer so, und jetzt wurde es besser. Bestimmt. Aufwärts war die Richtung. So wollten sie es, so musste es sein, weil es anders nicht sein konnte.

Die Geister der Gegenwart suchten uns im Februar heim. Die Annens flogen nicht mehr per Helikopter ein, sondern landeten in Zürich und fuhren mit ihrem Mietwagen direkt in die Tiefgarage des *Talgrund*. Kurz nach ihnen kam auch Harry Youngblood an. Irgendwo musste irgendjemand Wind davon bekommen haben, denn wenig später fielen auch die Medien wieder in Ronda ein. Sie wollten wissen, ob Annen sein Resort nun in den Vereinigten Staaten bauen wolle.

Er berief eine Pressekonferenz ein, in der er erklärte, er halte an seinem Projekt in Ronda fest. Der beste Beweis dafür sei Harry Youngblood, der sich in Ronda ein Büro einrichten werde.

»Um sich zu überlegen, wie er das Resort um das *Cave* herum bauen könnte?«, rief eine Journalistin, und alle lachten los. Ich sah es im Lokalfernsehen, das die Pressekonferenz live übertrug, und fand es nicht lustig. Neben mir stand Mumma und grummelte zynisch etwas, das nach *Detailplanung* klang.

Am gleichen Abend hing eine neue Notiz an der Eingangstür zum *Cave*.

Das ist ein Musikpub.
Und keine Klatsch- und Tratsch-Hölle.

Wer sich nicht daran hielt, flog raus.

Am zweiten Abend setzte sich Lina an Jonnys Bar und bestellte einen Drink. Als der Totenhügel-Toni sie lautstark nach dem Spekulanten fragte, ihrem »Lump von Ehemann«, deutete sie mit dem Finger auf Jonnys Notiz.

»Der Toni ist eigentlich ein Schaf von einem Mann«, sagte Jelscha. »Er weiß nur einfach nicht, wann er seine Klappe halten sollte.«

Annen zeigte sich nicht in der Bar, aber Jelscha wusste, dass er und Jonny den ganzen Nachmittag im *TwOnE* miteinander geredet hatten. Natürlich machte das im ganzen Dorf die Runde. Annen und Jonny! Die Gerüchteküche brodelte. Verkaufte Jonny nun doch? Zu welchem Preis?

Das *Cave* blieb auffällig leer. Dafür waren die Restaurants im Ort umso voller. Auch bei uns hockten sie am

Stammtisch und redeten über Jonny. Ich verzog mich zu Jelscha. Aber sie wusste auch nicht, was Annen und Jonny miteinander besprochen hatten. Dafür wusste sie, dass Vince in den Staaten geblieben war.

»Und Laurin?« Meine Stimme klang überhaupt nicht nach mir. Ich wünschte, ich hätte nicht gefragt.

»Der ist hier. Er hat gefragt, ob wir mit ihm Ski fahren gehen. Ich habe ihm gesagt, dass wir Schule haben, aber uns überlegen werden, ob wir am Wochenende dabei sein wollen.«

Sie schaute mich fragend an. Alles in mir schrie JA! Aber ich sagte nichts.

»Also ja«, meinte Jelscha.

Ich nickte. Und überlegte mir dann den ganzen Weg nach Hause, in was für einen Schlamassel ich mich da gebracht hatte. Ich hatte keine angemessene Skifahrkleidung. Meine war billig und das Gegenteil von schick. Viel schlimmer aber war, dass ich versuchen musste, mich bis zum Wochenende zu entlieben. Irgendwie. Aber Jelscha musste das gerade auch. Also fragte ich sie.

»Wie machst du das mit deinen Gefühlen für Vince?«

Sie zuckte mit den Schultern. »Es hilft, dass er ein feiger Arsch ist. Und ich habe das rote Kleid entsorgt.«

Ihr mochte das helfen, aber Laurin war kein feiger Arsch

und ich hatte nichts, was mich an ihn erinnerte und ich entsorgen konnte. Er war nett und bescheiden und klug und schön und ... STOP, sagte ich mir. So geht das nicht.

Es ging auch anders nicht. Das mit dem Entlieben schaffte ich nicht.

Und deshalb beschloss ich, dass es einfach so war. Ich war verliebt, es tat höllisch weh und ich musste lernen, damit zu leben und meine Gefühle auszuhalten. Andere konnten das schließlich auch.

Es war schwer. Aber ich schaffte es, mich weder zum Trottel noch zum Affen zu machen. Schaute, dass zwischen Laurin und mir wann immer möglich Jelscha war. Beobachtete ihn durch meine blickdichte Skibrille, kurvte hinter den beiden her und riss mich zusammen wie nie zuvor in meinem Leben. Am Abend taten mir sämtliche Muskeln weh. Und mein dummes, verliebtes Herz.

Ich fahre mit meinen Händen über den Buchdeckel wie vor ein paar Stunden der Sepp. Die Sehnsucht, die er dabei in seinem Blick hatte, die fühle ich jetzt in mir drin. *Du weißt schon, dass man Menschen auch entgegengehen kann, oder?*, sagt Sofia in meinem Kopf.

Ich stehe auf und gehe ein paar Schritte. Nur so, zur Probe, sozusagen ein Test, wie es sich anfühlen wird, wenn ich wirklich loslaufen würde, nachdem ich Jelschas Buch fertiggelesen habe. Nach ein paar Schritten breche ich meinen Test ab und setze mich wieder hin. Was, wenn Laurin aus der anderen Richtung kommt und ich nicht hier bin? Wieso sollte er mich überhaupt suchen?

Mann, Elia, stöhnt Jelscha in meinem Kopf. *Du denkst echt zu viel nach.*

Ich beschließe, dass sie recht haben. Sofia und Jelscha. Dass ich das mit dem Entgegengehen packen werde. Und den Rest auch. Irgendwie.

Aber erst das Buch.

Kick in den Arsch

Ich kick das Leben in den Arsch
Ich fall hin und ich steh auf
Ich kick das Leben in den Arsch
Ich steck ein und ich teil aus
Ich kick das Leben in den Arsch
Ich bin ich und ich bin stolz

Ich kick das Leben in den Arsch
Ich kämpf hart und ich kämpf fair
Ich kick das Leben in den Arsch
Ich schwitz Blut und ich kotz Wut
Ich kick das Leben in den Arsch
Ich bin ich und ich bin stolz

Ich kick das Leben in den Arsch
Ich flieg hoch und ich stürz ab
Ich sing laut und ich strahl hell
Ich kick das Leben in den Arsch
Ich bin ich und ich bin stolz

Du kannst

Wow. Das sitzt. Und das kommt genau richtig. Eigentlich ist es die brutale Variante des Krönchenspruchs, den ein paar Mädchen aus unserer Schule überall aufgemalt haben. Also dieses *Aufstehen, Krönchen richten und weitergehen*. Mir gefällt Jelschas Version besser. Sehr viel besser.

Jelscha sagt, dass Punk noch ungeschliffener ist als Rock. Sie hat herausgefunden, dass es auch von *Sommertime Sadness* eine Punk-Version gibt und manchmal hat sie ihre Version mit der Punk-Version vermischt – nicht immer zur Freude des Publikums.

Wenn Jelscha wirklich wütend ist, gibt sie ihrer Gitarre diesen harten, rohen Ton. Ich habe nie richtig verstanden, wie das geht. Aber Jelscha hat das so richtig drauf. Sie hat eine ganze Menge drauf.

Ich habe mir oft gewünscht, ein Talent zu haben. Irgendeins. Aber ich kann weder Musik noch Schreiben noch Zeichnen noch irgendwas.

»So ein Unsinn«, hat Jelscha immer geantwortet, wenn ich ihr das sagte. »Jeder hat ein Talent. Oder ganz viele. Niemand hat keines. Du zum Beispiel, du bist in allem, was du machst, sehr genau.«

Ich fand das nicht wirklich ein Talent.

»Du kannst zuhören«, sagte Jelscha. »Das können nicht viele. Die meisten reden lieber.« Sie grinste. »Und du bist klug.«

Ich wusste immer noch nicht so recht, ob das alles gut war. Auf jeden Fall war es ziemlich langweilig.

»Mag sein«, sagte sie. »Aber ich liebe dich genau darum, weil du bist, wie du bist.«

Normalerweise tat sie etwas Albernes, wenn sie mir was ganz Nettes gesagt hatte. Weil sie es hasste, sentimental zu werden. Doch diesmal stand sie einfach schweigend neben mir und schaute zu den Berggipfeln hoch.

»Ich werde dich vermissen«, sagte sie.

Da wurde mir bewusst, was ich bisher verdrängt hatte. Ich konnte mir ein Leben ohne Jelscha nicht vorstellen. Es war eine Sache, vom Weggehen zu reden. Eine andere war es, auch wirklich zu gehen.

»Vielleicht bleibe ich ja«, sagte ich.

»Vergiss es.« Sie drehte sich zu mir um. »Du wirst gehen. Schon vergessen? Das ist es, was du immer wolltest.«

»Und wenn ich es nicht kann?«

»Dann wartest du, bist dir Flügel gewachsen sind.«

Bei Jelscha klang alles immer einfach. Obwohl bei ihr nichts einfach war. Sie hat gekämpft, ist hingefallen und wieder aufgestanden. Ich weiß nicht, ob sie den Kick-in-den-Arsch-Song als Antwort auf das fiese Verhalten von Vince geschrieben hat. Oder nachdem sie den Grund für das Verschwinden ihrer Mutter herausgefunden hatte.

Ich blättere weiter und einen Moment lang vergesse ich zu atmen. Sie hat einen Song über Harry geschrieben!

Harry Youngblood

Den goldenen Löffel im Mund
den gab es nicht, nicht für dich.
Du warst Working Class ohne Hero.
Der kleine Junge, auf den man spuckt.
Der junge Mann, den man belächelt.
Der Kämpfer, der nicht aufgibt. Nie.

Deine Herkunft hast du abgestreift,
aber nie verleugnet, nie geschönt.
Du warst Working Class mit Stolz.
Der kleine Junge mit den Träumen.
Der junge Mann mit den Visionen.
Der Kämpfer, der nicht aufgibt. Nie.

Wo du herkommst, liegt die Wut.
Wo du hinwillst, ist die Hoffnung.
Du bist Working Class im Herz.
Der kleine Junge in der großen Welt.

Der junge Mann mit Feuer im Blut.
Der Kämpfer, der nicht aufgibt. Nie.

Weil du bist, wer du bist.
Wirst du tun, was Zukunft schenkt.
Du bist Working Class mit Hero.
Der kleine Junge im jungen Mann.
Einer, der die Welt verändern kann.
Der Kämpfer, der nicht aufgibt. Nie.

PS AN ELIA: DU KANNST HARRY YOUNGBLOOD SEIN. ÜBERALL. ÄNDERE ABER NICHT DEINEN NAMEN, DENN DER IST GUT GENUG. UND SCHÖN IST ER AUCH.

Safe Space

Die Familie Annen reiste wieder ab. Harry Youngblood blieb. Er richtete sich ein Büro im obersten Stockwerk des Chalets ein. Was er dort genau machte, wusste niemand. Jonny hatte immer noch nicht verkauft, ein Baugesuch für das Resort war keines eingegangen.

Ich fragte mich, warum einer wie Youngblood freiwillig hier war und was er den ganzen Tag tat. An den *Details* arbeiten?

Doch dann sah man ihn immer häufiger auf den Skipisten, auf Winterwanderwegen, im Dorfladen. Er grüßte freundlich, gab irgendwann die ersten Brocken Rätoromanisch von sich, fragte nach einheimischen Rezepten und saß am Abend in den Hotels und Restaurants an der Bar. Dass ihn alle anschauten, schien ihn nicht zu kümmern. Blöde Sprüche quittierte er mit einem Grinsen. Und dann kam er auch zu uns. Er winkte mir zu und setzte sich an einen der Tische. Nein, nicht an irgendeinen. Den Stammtisch. Ich fühlte die Hitze in meinem Gesicht, nickte kurz mit dem Kopf, und bevor der allzu rot anlaufen konnte, erklärte ich Mumma, dass ich vergessen hatte, für eine Prüfung zu lernen.

Sie sagte nichts, kniff ihre Lippen zusammen, arbeitete

weiter. Ich verkroch mich in mein Zimmer und konnte keine Sekunde lang vergessen, dass zwei Stockwerke unter mir Harry Youngblood saß.

»Er mochte meine Kürbissuppe«, war alles, was Mumma am nächsten Tag erzählen wollte. Selber schuld, sagte ihr Blick, hättest ja im Service helfen können.

Am häufigsten ging Harry Youngblood ins *Cave*. Dort zog er sich ins *TwOnE* zurück, trank einen Whisky und las in einem Buch. Meistens hatte er auch seinen rätoromanischen Sprachkurs dabei und murmelte neu gelernte Wörter vor sich hin. Manchmal verschwand Jonny zu ihm, sie tranken den Whisky gemeinsam und fachsimpelten über Musik.

Das verstand kein Mensch. »Müssen sie auch nicht«, meinte Jonny. Aber Jelscha verriet er, dass Youngblood ziemlich viel Ahnung von Musik hatte.

»Irgendwann bringt er ihm noch das Gitarre-Spielen bei.« Sie verdrehte die Augen und lachte. Und sie gestand mir, dass sie seinen Namen durch die Suchmaschine gejagt hatte. Kein Fake. Er hieß wirklich so. Youngblood. Natürlich wusste ich das schon seit dem ersten Tag; Jelscha war nicht die einzige und schon gar nicht die erste, die auf eine Suchmaschine zurückgriff.

Ich fragte mich, ob Harry – so nannte ich ihn in Gedanken – am Abend auch im Bett lag und an die getäfelte Zimmerdecke starrte. Was ihm dabei durch den Kopf ging. Ob ihm egal war, was andere über ihn dachten. Ob er sich erkannte, wenn er in den Spiegel schaute. Ob er sich manchmal einsam fühlte. Ob er an Menschen dachte, die er liebte. Ob er sich fragte, ob sie ihn vermissten. Ob er sie einfach anrufen konnte. Oder ob es Menschen gab, die er gerne angerufen hätte, aber sich nicht traute.

Ich hätte Laurin nicht einmal angerufen, wenn ich seine Nummer gehabt hätte. Weil ich nicht gewusst hätte, was ich sagen sollte. Und weil ich mich vor der Stille zwischen den Sätzen fürchtete.

Aber ich hatte einen Instagram-Account – natürlich nicht auf meinen richtigen Namen -, mit dem ich mich wie ein Spion durch Laurins Leben wühlen konnte. Die letzten Posts stammten von seinen USA-Ferien. Unter einem schrieb er: *Wish I was where my heart is*. Ein Foto war ein Schnappschuss, auf dem Laurin Vince ansieht, als wolle er ihn fragen: »Echt jetzt? So eine wie die, die da neben dir steht, ziehst du Jelscha vor?« Ich fragte mich, ob er heimlich froh darüber war, weil nun die Bahn bei Jelscha frei war für ihn.

Ich erzählte Jelscha von meinen Beobachtungen und

fragte sie, warum Laurin keine Fotos aus Ronda postete.

»Laurin sagt, dass Ronda sein Safe Space ist. Der Ort, an dem er sich geschützt und wohl fühlt«, erklärte sie mir. »So einen Ort schirmst du ab, hältst ihn privat.«

Safe Space. Der Ausdruck gefiel mir. Ich überlegte mir, wo mein Safe Space war. Mein Zimmer war es nicht. Ich glaube, mein Safe Space war bei Jelscha, und Jelschas Safe Space war ihr Zimmer, ein wunderschöner Raum mit Blick hinauf in die Berge. Zur Alp von Peider und zum Wasserfall. Es war bunt und chaotisch, mit einem riesigen Basteltisch am Fenster, auf dem Jelschas Collagen entstanden. Auf den Regalen daneben stapelten sich Fundstücke, die sie zu Kunstwerken verarbeitete. Daneben standen ihre Gitarre und ein Verstärker. Über ihrem Bett hingen mehrere Lichterketten mit ganz kleinen Lämpchen, Jelschas selbst gebastelter Sternenhimmel. Die Schulsachen schob sie unters Bett. Nicht so wichtig, fand sie. Wenn man in der Schule gut genug aufpasse, könne man alle Tests locker schreiben. Und wenn sie mal Hausaufgaben machte, dann bäuchlings auf dem Boden, aber bestimmt nicht auf ihrem Basteltisch. Auf dem Bett häuften sich Kissen, in der Dachschräge hatte sie sich aus Baumästen eine Garderobe gebastelt, an die sie ihre Kleider hängte. Die restlichen Möbel stammten entweder vom Sperrmüll oder von Flohmärkten. Auf der Kommode stand ein Foto ihrer Mutter. Eines der wenigen, die sie besaß.

»Ist schon ziemlich verrückt«, hat sie mal gesagt. »Wir haben Tausende von Fotos auf unseren Handys, aber keine in Fotoalben oder Bilderrahmen.«

Ich glaube, deshalb hat Jelscha die schönsten Fotoalben, die ich je gesehen habe. Von Jonny hatte sie die paar Fotos ihrer Mutter. Und seit er ihr zum achten Geburtstag ihre erste Fotokamera geschenkt hatte, fotografierte sie Menschen. Ihre Familie. Mich. Uns. Den Sepp. Den Totenhügel-Toni. Die verrückte Clara. Eigentlich fast alle aus dem Dorf, sogar jene, die sie nicht besonders mochte. Erst druckte sie die Fotos aus und klebte sie in ihre Alben. Später waren es professionelle Prints. Ich weiß, dass es auch ein Album nur für uns zwei gibt.

»Wenn es jemals brennt, Elia, dann rette ich von all meinen Dingen als erstes die Fotoalben.«

Von mir gibt es ein einziges Album. Bab hat es gemacht. Unter jedem Bild steht ein Datum. Ladina hat auch eines. »Nimm es mit», hat Bab gesagt, »es gehört dir.«

»Was soll ich damit?«, hat sie gefragt.

Bab hat es behutsam auf die Kommode im Gang gelegt. »Ich werde es für dich aufbewahren.«

Ladina wollte antworten, sie hatte schon den Mund geöffnet. Ich sagte schnell: »Das ist eine gute Idee.«

Wenn ich jemals gehe, werde ich mein Album mitnehmen.

Mir fällt Großvaters Uhr ein. Sie liegt immer noch bei Maria drüben.

»Willst du sie behalten?«, frage ich. »Ich brauche sie nicht mehr.«

Ich nehme Marias Schweigen für ein Nein. Stehe auf und hole mir die Uhr. Dann gehe ich damit zur Brücke. Lehne mich weit vor. Hole aus. Und schleudere die Uhr in den Fluss.

»Oha!«, sagt eine Stimme hinter mir.

Ich drehe mich um.

Sepp.

»Schon zurück?«, frage ich.

»Immer noch da?«, fragt er.

»Ich bin schwul«, sage ich und diesmal kommt das Wort schon leichter aus mir raus.

Er sagt sehr lange nichts und dann: »Ich auch.«

Ich schaue ihn an und finde keine Worte.

»Wollen wir uns setzen?«, fragt er. »Oder bist du in Eile?«

Nun ja, ich sitze seit Stunden hier. Die Uhr liegt im

Fluss. Ab sofort ist die Zeit ein persönliches Gefühl. Und dieses Gefühl sagt mir, dass ich Sepp zuhören will.

Er erzählt mir, dass Schwulsein in seiner Jugend ein Tabu war. Eine Sünde. Eine Krankheit, die man heilen konnte, wenn man nur genug wollte. Etwas, das man geheim hielt. Andere Männer fuhren in die Städte, suchten schnellen Sex und manchmal auch mehr. Sepp blieb. Verliebte sich in einen Bauern aus dem Nebental. Aber der heiratete, wie so viele andere, die sich nicht offen zu ihrer Homosexualität bekennen wollten.

»Ich konnte ihm nicht böse sein«, sagt Sepp. »Ich glaube, er war kein schlechter Ehemann. Vor allem ist er ein sehr guter Vater geworden.«

»Und du?«, frage ich.

»Habe ihn immer geliebt.«

»Habt ihr euch danach noch getroffen?«

Sepp schüttelt den Kopf. »Es hätte mir zu weh getan.«

Ich frage mich, ob er das Gleiche gefühlt hat wie ich. Ob sich Liebe immer und zu allen Zeiten gleich anfühlt. Vor allem aber, ob die ungelebte Liebe immer noch genau so sehr schmerzt wie in allen Zeiten zuvor.

»Wie ist es bei dir? Ist dein Laurin schon vorbeigekommen?«

»Woher …« Ich kann nicht weitersprechen.

»Ich bin zwar alt, aber ich habe Augen im Kopf«, sagt er.

Und mein Kopf wird wohl gerade mal wieder sehr rot. Ich schlucke.

»Da ist nichts, wofür du dich zu schämen brauchst.« Er steht auf. »Ich denke, du weißt, was du tun musst. Alles Gute.«

Ich kann nicht sprechen. Also nicke ich.

Ich schaue Sepp nach und frage mich, wo sein Safe Space ist. Ob er Fotos von seiner großen Liebe aufbewahrt hat und wie einen Schatz hütet. Wie er seine Liebe gelebt hätte, wenn sie nicht verboten gewesen wäre. Und dass ich die Chance habe, sie zu leben.

Ich streiche über unser Buch, das von Jelscha und mir. Es fehlen nicht mehr viele Seiten. Ich schlage die nächste auf.

Frühling

Frühling ist ein Versprechen
Eine Liebeserklärung an das Leben
Ein Tanz der Träume
Der Flug der Schmetterlinge
Das Summen der Bienen
Der Geruch der Blüten
Warme Luft auf der hungrigen Haut

Frühling ist ein Versprechen
Eine Enthüllung des Geheimen
Das Platzen der Erde
Das Aufbrechen der Krusten
Das Sirren der Gedanken
Der Geruch der Hoffnung
Warme Luft auf der hungrigen Haut

Frühling ist ein Versprechen
Der Anfang einer neuen Zeit
Das Erwachen der Liebe
Das Knospen der Wünsche
Ein Gedicht der Zuversicht
Und mittendrin wir
Warme Luft auf der hungrigen Haut

Nieder mit den Mauern

Der Frühling in Ronda begann wie Jelschas Song. Er wurde zu einem Versprechen. Den Anfang machte ein lautes Hämmern im Chalet. Das wäre nichts Außergewöhnliches gewesen, wenn es nicht an einem Sonntag passiert wäre. Niemand hämmerte oder lärmte in Ronda an einem Sonntag, man hängte nicht einmal seine Wäsche draußen auf, das hatten sogar die Leute in den Zweitwohnungen begriffen. Der Sonntag war der Tag des Herrn. Also ging der Schäfliwirt nachsehen und berichtete den Wartenden vor der Kirche, dass der Engländer wohl durchgedreht sei. Er schlage Wände raus und singe laut dazu. Darauf angesprochen, was zum Teufel er denn da tue, habe er in ziemlich fehlerhaftem Rätoromanisch geantwortet, dass er eine Mission habe und der Sonntag dazu genau der richtige Tag sei.

»Versuch mal, einen verrückten Engländer zu stoppen«, sagte der Schäfliwirt.

Unmutig grummelnd strömten die Menschen durch das Kirchenportal, verstummten auf der Schwelle, setzten sich auf ihre Plätze und der Pfarrer begann seinen Gottesdienst.

Harry Youngblood hämmerte weiter. Drei Tage lang.

Dann wurde es Jonny zu viel und er ging rüber ins Chalet. Kurz danach schlugen die Hämmer im Doppeltakt. Wenn man Jonny fragte, was da los sei, verwies er auf Youngblood. Er helfe nur. Aber es komme schon gut.

Das beruhigte die Menschen im Dorf nicht. Im Gegenteil. Ein Gerücht jagte das andere, Unmut baute sich auf wie eine Gewitterwand.

Viktoria Berger handelte. Sie bedrängte Youngblood so lange, bis er ihr ein Interview gab. Er erzählte ihr, wie schön er Ronda finde, wie atemberaubend die Berge seien, wie wunderbar die Blumen- und Tierwelt. Dass er vorankomme mit dem Rätoromanischen, aber schon auch anmerken müsse, dass es nicht die leichteste aller Sprachen sein. Er erklärte, dass er Luft zum Atmen brauche, ein riesiges Büro, eines, in dem seine Vision Platz hätte. Und keine Angst, er reiße keine tragenden Wände nieder.

Nach *Arbeiten an den Details* klang das auf jeden Fall nicht mehr. Aber halt auch nicht nach etwas Konkretem. Das sei er sich schon bewusst, räumte Youngblood auf Viktorias Nachfrage ein, aber er bitte um Vertrauen.

Wahrscheinlich hat die eine Hälfte der Dorfbewohner beim Lesen des letzten Satzes laut gelacht und die andere Hälfte laut geflucht. Mumma tat keins von beidem. »Wir werden ja sehen«, meinte sie. Ohne Ironie in der Stimme. Ich starrte sie an. Wusste sie etwas, das ich nicht wusste?

»Glaubst du etwa, dass das was werden könnte?«, fragte ich.

»Nun, der verrückte Engländer versteht etwas von tragenden Wänden. Das spricht für ihn. Und Conradin Annen nimmt sich zurück. Das spricht für ihn und sein Projekt.«

Ich glaube, Mumma war die Einzige im Dorf, die Annens Abwesenheit für einen Vorteil hielt. Aber als ich abends wach im Bett lag und über ihre Worte nachdachte, fand ich, dass da schon was dran war. Wahrscheinlich war es wirklich besser, wenn Annen sich von Ronda fernhielt, denn wenn er da war, regten sich die meisten über ihn und sein Projekt auf.

Youngblood nahm außer Jonny niemand so richtig erst, was ihm genau den Freiraum gab, den er brauchte. Er schien ihn begeistert zu nutzen. Hatte er etwa eine Lösung gefunden, bei der das *Cave* bestehen bleiben konnte? Vor lauter Aufregung über diese Vorstellung konnte ich die ganze Nacht nicht schlafen.

Jelscha zuckte nur mit den Schultern, als ich ihr von Mummas Beobachtung und meiner ziemlich wackligen

Theorie erzählte. Ich war enttäuscht. Und ich fragte mich, ob das etwas mit Laurin zu tun hatte. Ich traute mich nicht zu fragen.

Während Harry Youngblood Mauern niederriss, kämpfte ich mich erfolglos durch mein Leben. Ich hatte Herzweh, das ich nicht mit Jelscha teilen konnte, ich hatte es mit der Lehrstelle vermasselt, und die Aufnahmeprüfung fürs Gymnasium hatte ich auch nicht gemacht. Ich hatte nichts. Absolut gar nichts.

»Dann legst du halt ein Zwischenjahr ein«, meinte Jelscha. »Im Welschland oder im Tessin. Da lernst du gleich noch eine Sprache dazu. Das wäre gut fürs Gymnasium. Oder du gehst ins Ausland. Zum Beispiel nach London. Frag doch Laurin oder Lina. Denen fällt bestimmt etwas ein.«

London. Wo Laurin lebte, der wahrscheinlich schon bald Jelschas Freund sein würde. Und ganz abgesehen davon: Ich hatte es ja nicht mal nach Zürich geschafft.

»Ich denke darüber nach«, versprach ich.

»Ich habe mit Heiner geredet«, sagte Mumma am selben Abend.

»Heiner vom Ausblick?«

Mumma nickte. »Er sucht noch jemanden.«

Ich konnte nicht glauben, dass sie das ernst meinte. Heiner Kleinmann vom *Ausblick*? Dann sogar lieber eine Lehre bei uns in der *Alpenrose*.

Zum Glück vibrierte mein Handy.

»Da muss ich ran«, sagte ich. »Ist für die Schule.«

Es war Jelscha.

»Ich bin bei der Brücke.«

Sie sprach leise, ihre Stimme klang dumpf.

»Ich muss noch mal weg«, sagte ich zu Mumma.

Sie öffnete den Mund. Was sie sagte, hörte ich nicht mehr.

Jelscha lehnte gegen das Brückengeländer und schaute in den Fluss.

»Jelscha?«, sagte ich.

Sie drehte sich um. Ihr Blick war so leer, wie ich ihn noch nie gesehen hatte. »Ich weiß jetzt, warum meine Mutter weggegangen ist.«

Gute Mütter lieben ihre Kinder

Das hast du jetzt davon.

Du wirst diesen Balg austragen,
so will es die Natur.

Wenn du es wegmachst,
musst du gar nicht
mehr zurückkommen.

Alle Mütter
lieben ihre Kinder.
Du wirst deins auch lieben.
Gute Mütter
lieben ihre Kinder.

Du bist nicht
die verdammte
Jungfrau Maria.
Dein Kind hat einen Vater.
Und der soll gefälligst
bezahlen.

DAS GEHT MICH NICHTS AN.
DU BIST EINE HURE,
EINE GOTTVERDAMMTE HURE
OHNE SCHAM.

DAS KIND
IST BESSER DRAN
OHNE DICH.
ES WIRD MENGIA
UND MIR GEHÖREN
UND ES GUT HABEN
BEI UNS.

GEH MIR AUS DEN AUGEN.
GEH, UND KOMM NIE WIEDER.
NIE. WIEDER.

ES TUT MIR LEID, ANDRINA,
ICH HÄTTE DAS NICHT SAGEN SOLLEN.

ICH WAR WÜTEND, SO WÜTEND.
ICH HABE ES MENGIA ERZÄHLT,
ALL DAS BÖSE,
DAS ICH ZU DIR GESAGT HABE,
UND DANN IST SIE
NICHT ZURÜCKGEKOMMEN.

Warum

»Warum konnte sie mich nicht genug lieben, um bei mir zu bleiben, Elia? Oder mich mitzunehmen. Sie hat mich zurückgelassen wie einen Gegenstand, der einem nicht gefällt.« Jelscha schluchzte auf. »Du hast doch mal gesagt, dass man niemanden nicht wollen kann, den man nicht kennt.«

Wir saßen auf der Bank bei der Brücke. Jelscha hatte sie überquert, ohne anzuhalten und in den Fluss zu spucken.

»Ich wollte es verstehen und war bei Theo.«

Ich brauchte einen Moment, bis mir einfiel, wen sie meinte. Die Frau mit den zwei langen, grauen Zöpfen, die sich einen Stall am Dorfrand gekauft und ihn umgebaut hatte, gegen jede Krankheit ein Kraut kannte und früher in der Stadt als Psychologin gearbeitet hat.

»Ich fragte sie, ob es sein könne, dass Mütter ihre Kinder nicht lieben. Ich meine, ganz am Anfang, wenn sie hilflos sind und noch keine Gelegenheit hatten, dich zu nerven oder dir im Streit furchtbare Worte an den Kopf zu werfen oder dir zu sagen, dass sie dich hassen.«

Ich wusste nicht, was ich sagen sollte und schwieg. Es lag viel Stille zwischen mir und Jelscha, aber ich verstand, dass ich warten musste, bis sie weiterredete.

»Gute Mütter lieben ihre Kinder, das hat Cla zu mir gesagt. Aber Theodora hat mir erklärt, dass das manchmal nicht von Anfang an möglich ist. Dass es Mütter gibt, die Zeit brauchen. Auch, dass es Mütter gibt, die ihre Kinder nie so lieben können, wie sie es verdienen. Und dass das nicht die Schuld der Mütter ist.«

Wieder sagte sie ganz lange nichts.

»Ich glaube, meine Mutter gehörte zu den Müttern, die ihr Kind nicht von Anfang an lieben können. Aus was für Gründen auch immer.«

Sie fiel in ein langes Schweigen.

»Vielleicht hätte sie mich irgendwann geliebt, wenn sie mich kennengelernt hätte.« Sie lehnte ihren Kopf erschöpft gegen meine Schulter. »Cla war hart zu ihr, Cla war gemein zu ihr. Aber Elia, sie hätte um mich kämpfen müssen. Jonny hätte ihr geholfen. Aber sie hat nicht gekämpft. Verstehst du? Sie hat mich einfach aufgegeben. Sie hätte zurückkommen können, sie wusste ja, wo ich bin. Ist sie aber nicht.«

Ich sah den Weihnachtsbaum vor mir. Ohne Stern auf der Spitze. Ich dachte, dass niemand, der Jelscha kannte, sie nicht lieben würde. Ich hielt Jelscha in den Armen und konnte nichts tun.

Wir saßen da, bis wir vor Kälte zitterten.

»Ich glaube, ich sollte jetzt zurück«, sagte Jelscha.

Ich wollte sie nach Hause begleiten, aber sie ging lieber alleine. Ich hatte nie so viel Angst vor dem Mittelstreifen wie an jenem Abend. Und so bin ich hinter ihr her gegangen, mit genug Abstand, dass sie mich nicht bemerkte, ich aber hätte verhindern können, dass ein Auto sie anfährt.

Sie hat mir damals nicht alles gesagt. Nicht das mit der Hure, nicht das mit Mengia. In mir steigt Hass auf. Heiß wie Feuer. Er drückt sich nach oben, bis ich beinahe ersticke. Ich weiß nicht, wohin mit diesem brennenden Gefühl. Den Mann, gegen den er sich richtet, würde ihn nicht mehr verstehen. Wie hat Jelscha das nur ausgehalten?

Häutungen

Sie wird zu eng, die alte Haut
Spannt und zwickt und schmerzt
Schnürt mir den Atem ab

Ich will sie nicht, die alte Haut
Zu tief sind ihre Wunden
Zu verkrustet und verklebt

Ich muss raus aus dieser Haut
Die zu zerplatzen droht
Ich wind mich, zupf an ihr

Ich schäl sie weg, die alte Haut
Als Fetzen und am Stück
Häng sie in den Trauerwind

Ich streif sie ab, die alte Haut
Seh mich im Spiegel an
Bin mir fremd und doch vertraut

Ich steh da, in meiner Haut
Ungeschützt und roh
Neu und fein und wunderbar

Schön ist sie, die neue Haut
Kostbar und noch zart
Ich trag sie federleicht

Unter meiner Haut

Die alte Haut abstreifen. In eine neue hineinwachsen. Oh, Jelscha! Die Vorstellung gefällt mir. Auch, dass du mit dieser neuen Haut in ein neues Leben unterwegs bist.

Und ich? Bin ich bereit, meine alte Haut abzustreifen und in die neue hineinzuwachsen? Werde ich aufstehen und Laurin entgegengehen können? Und wenn ich ihm gegenüberstehe? Werde ich Worte finden oder in Schweigen versinken? Wie macht man das mit der Liebe? Wie haben all die Menschen in all den Zeiten das gemacht?

Ich bin mit wenigen Fragen über die Brücke zur Bank gegangen. Also, im Grund genommen nur mit einer: Finde ich den Mut, mich zu outen und Laurin zu sagen, dass ich ihn liebe? Oder sind das zwei Fragen?

Du weichst schon wieder aus.

Ich fahre herum. Maria lächelt. Ich kneife die Augen zusammen und schaue noch einmal hin. Etwas ist anders. Das Lächeln aufmunternd, ihr Blick voller Mitgefühl. So langsam denke ich, dass zu langes Sitzen auf einer Bank wohl eine ähnliche Wirkung hat wie Drogen.

Nun, das mit dem Outing habe ich geschafft, obwohl ich keine Ahnung hatte, ob ich mich trauen würde und wenn ja, wie ich das anstellen soll. Vielleicht ist es mit der

Liebe ähnlich. Vielleicht weiß man einfach, was man machen muss, wenn der Zeitpunkt da ist. Aber was mache ich, wenn nur ich so empfinde?

Als Jelscha sich von mir verabschiedete, dachte ich einen grausamen Augenblick lang, sie fahre mit Laurin. Er ist immer noch hier. Das ist doch ein Zeichen, oder etwa nicht?

Es gibt noch andere Zeichen. Ich bin nur nicht sicher, ob ich sie richtig interpretiere.

Laurin kam in seinen Frühlingsferien nach Ronda, zusammen mit seinem Vater. Sie wohnten diesmal nicht im Talgrund, sondern im Chalet. »Die Heizkosten im Talgrund sind einfach zu hoch«, erklärte Laurin und lachte. »Das mit dem Talgrund war sowieso Mums Idee gewesen; sie wollte schon immer mal in einem leeren Hotel wohnen.« Er zuckte mit den Schultern. »Schauspielerinnen halt.«

In Laurins Augen lag viel Wärme, wenn er von seinen Eltern sprach; dabei war Conradin nicht mal sein richtiger Vater. So übel konnte er also nicht sein.

»Wieso ist sie nicht hier?«, fragte Jelscha.

»Filmdreh«, antwortete Laurin, als wäre das nichts Besonders.

Ich hing an seinen Lippen und sagte nichts. Aber ich

wünschte mir, in seinen Augen würde auch so viel Wärme liegen, wenn er an mich dachte oder von mir sprach.

Wir verbrachten fünf Tage zusammen. Fünf Tage, an denen mein Herz glühte. Ich wartete die ganze Zeit darauf, dass Jelscha und Laurin ein Paar wurden, doch sie schienen einfach nur gute Freunde zu sein. Das ist doch auch ein Zeichen, oder nicht?

Und es gab noch andere Zeichen. Blicke von Laurin, wenn er sich unbeobachtet fühlte. Berührungen, die nur Zufall waren, auch wenn ich mir wünschte, es wäre anders. Für Laurin war ich bestimmt nicht mehr als der etwas seltsame Freund von Jelscha. Aber er war unter meiner Haut, jede Minute an jedem Tag.

Wenn ich mich jetzt häute, lege ich meine Gefühle frei und muss schutzlos durch den Sturm.

Und dann merke ich es.
Ich bin nicht mehr im Sturm.
Nur noch in einem Gewitter.
Oder vielleicht sogar nur noch im Regen.

»Eine neue Haut ist nicht ein ganz neues Leben«, hat Jelscha zu mir gesagt.

Wir saßen im *TwOnE*, draußen regnete es. »Wir sind nicht plötzlich jemand ganz anderes. Aber wir können uns ändern.« Ihr Mund zog sich in die Breite. Das gute alte Jelscha-Grinsen war zurück. »Alles, was wir sind und sein werden, ist in uns drin. Und vielleicht muss man auch gar nicht weg, um ein anderer zu werden.«

»Hast du Turi seinen Kalender mit den Lebensweisheiten geklaut?«, fragte ich.

Sie lachte. »Boah, Elia. Du hast ja doch Humor. Als Belohnung gibt's gleich noch einen Glückskeks-Spruch: Für den Anfang reicht es auch, sich selbst zu werden.«

Sie stand auf, nahm vorsichtig die völlig abgefahrene Brille und den schrägen Hut vom Totenschädel auf der Theke und setzte mir beides auf. Ich wehrte mich nicht. Es war einfach ein zu gutes Gefühl, Jelscha so aufgedreht zu sehen.

»Was ist los?«, fragte ich, und schon hatte ich wieder Angst, sie würde mir gleich sagen, wie verliebt sie war.

»Ich glaube, das *Cave* bleibt«, sagte sie.

Eine Welle der Erleichterung rollte über mich weg. »Aber Harry arbeitet wie ein Besessener an den Plänen«, entgegnete ich.

Jelscha grinste. »Er erfindet Ronda neu.«

»Sagt wer?«

»Jonny. Er sagt, es werde fantastisch.«

»Mehr verrät er nicht?«

»Er darf nicht. Soll alles noch eine Weile geheim bleiben, damit nicht irgendjemand auf die Idee kommt, die Pläne zu sabotieren.«

»Wie damals beim Skaterpark«, sagte ich.

»Genau.«

Ich platzte trotzdem beinahe vor Neugier. Gerade, als ich meinen Mund öffnete, kam mir Jelscha zuvor.

»Ich häute mich«, erklärte sie. »Und dazu gehört, die Dinge von einer neuen Seite zu sehen.« Sie holte uns beiden einen Saft und setzte sich wieder hin. »Ich bleibe mal bei den Kalendersprüchen und den Glückskeksweisheiten«, meinte sie. »Wenn dir das Leben Steine in den Weg legt, bau was draus.«

Ich war mir nicht ganz sicher, ob der Spruch wirklich so ging. Mitten in mein Nachgrübeln hinein hörte ich Jelscha sagen: »Genau das mache ich jetzt. Etwas Neues bauen.«

Sie hob ihre Flasche an. »Prost, Elia.«

Wir tranken unsere Gläser leer.

»Ich war so wütend auf Cla«, verriet mir Jelscha. »Und ich bin es noch. Nur hilft mir das nicht weiter, verstehst du? Er hat meine Mutter vertrieben. Es ist aber auch so:

Sie hat sich vertreiben lassen. Ich habe jedes Jahr Geburtstag. Das wäre ein guter Grund gewesen, mir eine Karte zu schicken. Oder irgendwann sogar herzukommen. Hat sie alles nicht gemacht. Ich nehme mal an, weil sie dachte, es sei besser für mich. Oder weil sie sich schämte. Weil sie sich nicht traute. Sie ist nicht gekommen. Nie. Aus was für Gründen auch immer.«

Sie hörte zwar auf zu reden, doch da lag noch was in der Luft.

Wir schauten zu, wie die Regentropfen gegen die Scheiben klatschten. Mitten in das Prasseln hinein sagte Jelscha. »Ich glaube, ich wollte immer hierbleiben, damit sie mich finden kann, falls sie mich sucht.« Und dann, nach einer langen Pause: »Vielleicht gehe ich mit dir, wenn du gehst.«

Sie sagte das genau in dem Moment, in dem ich dachte: Vielleicht bleibe ich hier, wenn du bleibst.

»Wohin?«, fragte ich.

»Na ja, wenn Mam mich nicht sucht, dann suche ich halt sie.« Sie zog mir die Brille von der Nase und setzte sie auf. »Ich will den Scheiß endlich abschließen, so oder so. Sonst nagt das alles weiter an mir, und das habe ich so satt.«

»Du hast dich für das Wissen entschieden.«

»Bin mir noch nicht ganz sicher.«

»Es wäre verdammt mutig.«

»Oder selten dämlich. Auf jeden Fall furchteinflößend.«

Kurz danach verschwand Cla. Drei Tage lang suchte ihn das ganze Dorf samt Polizei und Rettungskräften. Wir fanden ihn in einem unwirtlichen Seitental, von Stürzen geschunden, unterkühlt und verwirrt. Er weinte, weil er die kleine Hütte nicht finden konnte, in der er und Mengia als junges Paar viel Zeit verbracht hatten. »Wo ist meine Zeitmaschine?«, fragte er zittrig.

»Er kann nicht bleiben«, sagten die Ärzte.

Das war Jonny und Jelscha bewusst, dennoch fiel es ihnen schwer, Cla in einem Heim unterzubringen. Ihn wegzugeben bedeutete, dass er sein Zuhause verlor, aus Ronda wegmusste, denn bei uns gibt es keinen Ort für Menschen, die an Alzheimer erkrankt sind. Nach einigem Suchen fanden Jonny und Jelscha schließlich einen Platz in einer Pflegewohngruppe für Demenzkranke.

Cla wehrte sich nicht. Er war klein geworden, dünn, gebückt und mit faltiger Haut. Niemand verdient so was. Das einzig Gute war, dass er es nicht mehr wirklich mitbekam.

Die Zeitmaschine

Die Zeitmaschine ist da,
sie kommt dich holen.
Die Zeitmaschine ist da,
sie bringt dich heim.
Mach's gut, Cla,
und finde deinen Frieden.

Die Zeitmaschine ist da,
und wir bleiben hier.
Die Zeitmaschine ist da,
wir winken hinterher.
Mach's gut, Cla,
und habe keine Angst.

Die Zeitmaschine ist da,
Mengia erwartet dich.
Die Zeitmaschine ist da,
nimm nur das Gute mit.
Mach's gut, Cla,
und finde dich in Träumen.

Die Zeitmaschine ist da,
für dich und auch für mich.
Die Zeitmaschine ist da,
ich reis ins Nirgendwo.
Hab Sehnsucht und hab Angst,
vor dem was kommen wird.

Vom Weggehen und Hierbleiben

Cla lächelte, als Jelscha ihm sagte, dass die Zeitmaschine da sei, um ihn abzuholen. Er drückte ihr einen zerknitterten Zettel in die Hand und stieg in Jonnys Wagen, in seinen Händen einen alten Koffer. Den Rest verstauten Jelscha und Jonny im Kofferraum. So viel bleibt also von einem Leben, dachte ich.

»Es ist besser für ihn«, meinte Jonny.

Aber in seinen Augen standen Tränen.

Weil der Frühling nach einem kurzen Winter früher gekommen war als sonst, war Peider mit seinen Geißen Anfang Juni schon auf der Alp.

Wir besuchten ihn, so oft wir konnten. Jelscha redete jetzt viel über ihre Mutter. Nicht mehr so hart wie früher.

»Du bist ihr sehr ähnlich«, sagte Peider.

»Ist das gut oder schlecht?«, fragte Jelscha.

Peider sah sie eindringlich an. »Das ist gut, Jelscha. Deine Mutter war ein guter Mensch.«

»Das sagt Jonny auch. Aber sie ist gegangen.«

»Vielleicht dachte sie, dass das besser für dich ist. Vielleicht hat sie aus den richtigen Gründen das Falsche getan.«

»Wie meinst du das?«

»Meine hat mich oft halb totgeprügelt«, sagte Peider. »Ich glaube, sie war einfach überfordert. Und unglücklich. Manchmal, wenn es ganz schwierig wurde, meinte sie, sie hätte mich besser weggegeben.«

»Hast du sie trotzdem geliebt?«, wollte Jelscha wissen.

»Darüber habe ich damals nicht nachgedacht«, antwortete Peider. »Weißt du, das waren andere Zeiten. Zeiten, in denen man nicht über die Liebe sprach. Aber doch, ja, ich glaube, ich habe sie geliebt, weil es auch gute Momente gab.« Er rieb sich am Kinn. »Auf jeden Fall habe ich sie nicht gehasst. Und heute verstehe ich, warum sie so war.«

Wir diskutierten lange darüber, ob Verstehen wirklich Verzeihen war. Jelscha meinte, nein. »Man kann verstehen, muss aber nicht verzeihen. Ich glaube, wichtig ist es, dass wir für unsere Gefühle einen Platz in uns haben, einen, an dem sie ihre Ruhe finden.«

Peider nickte. »Das hast du schön gesagt.«

Fand ich auch.

Ich suchte diesen Platz in mir, aber es schien ihn nicht zu geben. Allein der Gedanke an Laurin löste in mir Herzklopfen aus.

Mitte Juni fragte Miguel Jelscha, ob sie jetzt die Lehrstelle bei ihm wolle oder nicht, doch sie überlegte sich, gleich nach Schulende zu Peider auf die Alp zu ziehen. Oder vielleicht sogar ganz weg. Ich wusste sofort, wovon sie sprach.

Am selben Abend zog sie auf der Bank bei der Brücke einen zerknitterten Zettel aus der Hosentasche. Sie drückte ihn mir in die Hand.

Ich konnte die krakeligen Buchstaben kaum lesen. Es dauerte endlos, bis ich sie entziffert hatte. Eine Adresse in Portugal.

»Hat mir Cla gegeben, bevor er weggefahren ist«, sagte Jelscha. »Er meinte, Großmutter Mengia würde es so wollen.«

Ich starrte auf den Zettel. »Er hatte ihre Adresse? Die ganze Zeit?«

»Oder er hat ihn gefunden, als er nach dem Tod von Großmutter Mengia aufgeräumt hat«, antwortete Jelscha. »Ich vermute, dass meine Mutter sich bei ihr gemeldet hat. Ist eine uralte Adresse. Hab's überprüft. Mam ist längst nicht mehr dort.«

»Aber jetzt hast du einen Anhaltspunkt.«

Sie nickte. »Ich denke, ich sollte es versuchen.«

Ich wollte weg. Jetzt, wo Jelscha vielleicht ging, noch mehr als sonst. Wenn sie wirklich den Mut aufbrachte, sich den Antworten auf ihre Fragen zu stellen, konnte ich das vielleicht auch. Ich malte mir aus, wie es wäre, nach London zu gehen. Dorthin, wo Laurin war.

Aber dann legte mir Mumma eines Abends nach dem Essen einen Vertrag auf den Tisch. »Unterschreib!«, befahl sie.

Ich las den Text, und mir war klar, wo mein Platz war.

»Ich werde bei dir arbeiten, Mumma«, sagte ich. »Aber ohne Vertrag.«

Ich würde gelbe Täfelungen anstarren und dabei von Laurin träumen. Und mir wünschen, wie Harry Youngblood zu sein.

Zukunft

Zwei Tage vor Schuljahresschluss kündigte Annen einen Informationsabend an. Nur für uns Leute im Dorf. Die einzige zugelassene Presseperson war Viktoria Berger. Am Tisch vorne saßen Conradin Annen und Harry Youngblood. In der ersten Reihe Laurin und Lina.

»Dieses Mal mache ich es richtig«, begann Annen.

»Ach ja?« rief Totenhügel-Toni.

»Ja. Jene von euch, die dachten, ich wolle es euch heimzahlen, hatten recht. Ich wollte euch beweisen, wer ich bin und was ich kann. Die Pressekonferenz in London sollte euch zeigen, wie klein und unbedeutend ihr seid. Das Projekt sollte grösser sein als das Leben.« Annen schaute in die Runde, suchte unsere Blicke. »Aber dann ist mir dank etwas Nachhilfe von meiner Frau und Harry bewusst geworden, dass ich mich damit zwar verewigen kann, aber weder auf eine gute noch eine sinnvolle Art.« Er drehte sich zu Lina und Harry um. »Ich habe auf meine Familie und meinen Freund Harry Youngblood gehört.« Er legte eine kleine Pause ein, wandte sich wieder an uns. »Und auf dich, Jonny. Wir haben uns überlegt, was Ronda wirklich braucht. Das Dorf braucht keinen Besuch einer alten Dame …« Er grinste. »… oder eines skrupellosen Spekulanten. Deshalb hat Harry euch in den letzten Wochen gut zugehört.«

»Und eine Menge Lärm gemacht!«, rief Toni.

»Das auch«, sagte Annen. »Was dabei herausgekommen ist, wird er euch selbst erzählen.«

Es war viel, was Harry zu sagen hatte, und er hatte wirklich zugehört.

»Was Ronda braucht, ist kein Luxusresort für Leute, die schon alles haben«, begann er. »Das können wir in den Staaten bauen. Was Ronda braucht, ist etwas, das zu den Menschen hier passt.«

Neben mir atmete Mumma scharf ein.

»Klar ist«, fuhr Harry fort, »so wie es ist, kann es nicht bleiben. Wir müssen versuchen, das Alte zu schätzen und zu bewahren und gleichzeitig Neues entstehen zu lassen.«

»Wie soll das denn gehen?«, rief Heiner.

»Wir müssen zu einem Ort werden, an dem die Alteingesessenen gerne sind und die Jungen gerne bleiben wollen und wo sie Perspektiven für sich sehen. Wir müssen eine Brücke von der Vergangenheit in die Zukunft schlagen. Wir müssen ein Daheim sein und gleichzeitig ein Ort, an den Touristen gerne kommen, weil sie sich vom ersten

Moment an wie zu Hause fühlen. Junge Familien sollen sich hier niederlassen und alles finden, was sie brauchen. Das ist gar nicht so viel: eine Schule …« Er zeigte auf Arno Cadisch. »… einen Dorfladen, gell, Erna. Kleinunternehmen, die Lehrstellen und Arbeitsplätze schaffen, eine gute Internetverbindung, neue Angebote im Bereich der Landwirtschaft, Kultur, frische Ideen …« Er zählte noch viele weitere Dinge auf. Und er endete mit »… einen Skaterpark.«

Einen Augenblick lang war es totenstill in der Halle. Dann brach Gelächter aus. Über Annes Gesicht zog sich ein fettes Grinsen.

Harry nutzte den Augenblick, um seine Vision von Ronda auf die Leinwand hinter sich zu projizieren. Im *Talgrund* sollten Ateliers für Menschen mit Ideen entstehen, der Stall nebenan zu einem riesengroßen Werkraum werden. Der alte Wohnblock musste einem neuen Platz machen, einem Generationenhaus mit bezahlbaren Wohnungen. Im Chalet sollte es Raum für Wohngemeinschaften geben und der ehemalige *Löwen,* also das *Cave,* sollte renoviert und restauriert werden.

»Das glaube ich erst, wenn ich es sehe«, murmelte Mumma, aber es klang nicht wirklich negativ, eher hoffnungsvoll.

»Was ist mit den Restaurants, den Hotels, den Skianlagen?«, rief Gian.

»Die Restaurants und die Hotels gehören zu den Herzstücken von Ronda«, erklärte Harry ernst. »Einige sind in sehr gutem Zustand, andere müsste man renovieren.«

Mumma schnaubte.

»Und womit?«, rief einer.

»Es wird einen Fond geben«, sagte Harry. »Einen Geldtopf für alle, damit ihr Kredite aufnehmen könnt.«

Mumma stand auf. »Alle?«

»Alle, die ein gutes Konzept einreichen.«

Mumma sah sich um. Ich folgte ihrem Blick. Er fiel auf Hüberli. Mumma bohrte eine riesige Ladung Verachtung in den verhassten Banker und setzte sich wieder hin.

»Was die Skianlagen betrifft«, redete Harry weiter, »wisst ihr alle selbst, wie es steht. Wir müssen uns entscheiden, ob wir weiterwursteln wollen wie bisher, oder ob wir Möglichkeiten finden, eingeschlagene Pfade zu verlassen. Nicht von jetzt auf sofort, aber doch innerhalb so kurzer Zeit wie möglich. Wenn wir alle gemeinsam die Zukunft von Ronda planen, werden wir Lösungen finden.«

Harry Youngblood erntete eine Menge Applaus für seine Rede. Annen bedankte sich und lud alle zu einem kleinen

Imbiss ein, der im Vorraum der Halle serviert wurde.

Ich blieb sitzen, weil mein Kopf viel zu voll war. Mumma legte mir kurz die Hand auf die Schulter und ging in Richtung Ausgang. Sie sagte nichts, aber in ihren Augen lag ein Glanz, wie ich ihn schon sehr lange nicht mehr gesehen hatte.

Jetzt, wo fast niemand mehr in der Halle war, sah ich auch Jelscha. Sie ging auf Laurin zu, der bei Harry stand, und umarmte ihn. Ich hatte das Gefühl, mein Herz brechen zu hören.

Ohne mich noch einmal umzudrehen, verließ ich den Saal. Ging vorbei an den Leuten, die sich an die langen Tische drängten, auf denen Getränke und Knabbereien standen. Hinaus an die frische Luft, weg von allem.

Jelscha und ich hatten uns auf dem Spielplatz bei den Schaukeln verabredet, dort, wo wir uns jedes Jahr am Ende des Schuljahres trafen. Ich stolperte aus dem Licht ins Halbdunkel und setzte mich auf eine der Schaukeln, nicht sicher, ob ich überhaupt hier sein sollte und was ich erwartete. Vom Schulhaus drangen Stimmen zu mir herüber. Annen und Harry hatten Ronda eine Zukunft gegeben. Ein paar Momente lang hatte ich daran geglaubt, dass es auch meine sein könnte.

»Heya«, hörte ich Jelscha sagen.

»Hey«, antworte ich.

Sie setzte sich auf die Schaukel neben mir. »Ich gehe weg, Elia.«

»Du hast dich also entschieden«, sagte ich. »Wann?«

»Morgen.«

Morgen schon?

Warum hast du mir das nicht früher gesagt?

Warum hast du nicht gefragt, ob ich mitkomme?

Was soll ich hier ohne dich, Jelscha?

Wie sollen mir Flügel wachsen ohne dich?

»Kommst du zurück?«, fragte ich.

»Ich weiß es nicht. Vielleicht. Irgendwann.«

Sie begann zu schaukeln. Ich brauchte eine Weile, bis ich in ihren Rhythmus fand. Wir schaukelten sehr lange. Ich hätte so gerne so vieles gesagt, aber ich konnte nicht, weil ich dann zu weinen begonnen und nie wieder aufgehört hätte. Wir sprangen ein letztes Mal beide gleichzeitig ab. Umarmten uns und hielten uns fest. Und dann weinten wir beide. Bis wir lachen mussten. Nur um dann wieder loszuheulen.

Song für Elia – meinen besten Freund

Wie kann man wissen
Was man verloren hat
Wenn man es nie gekannt hat
Wie kann man wissen
Was man gefunden hat
Wenn man es noch nicht kennt

Erinnerst du dich?
Die Schaukel auf dem Schulhof
Der Himmel voller Sterne
Ein Anfang
Der ein Ende ist
Oder ist es umgekehrt
Ein Ende
Das ein Anfang ist

Du warst immer da
Dich musste ich nicht finden
Dich werde ich nie verlieren

Du bist
Mein Freund
Immer

PS: DIE LEEREN SEITEN SIND FÜR DICH, ELIA.
PPS: JONNY KOMMT MIT. SAGT, ER HAT GRAD NICHTS ANDERES VOR, JETZT, WO DAS CAVE WEGEN DES UMBAUS WOHL EINE WEILE GESCHLOSSEN BLEIBT. AUSSERDEM SCHULDE IHM ANDRINA NOCH EIN PAAR ERKLÄRUNGEN.

Das mit der Liebe

Ich schaue auf das Datum. Es ist von gestern.

»Und du bist meine Freundin, immer«, flüstere ich.

Ich werde die leeren Seiten füllen.
Mit meinem neuen Ich.
Ich habe ohne Scham hemmungslos geweint.
Ich bin anders und doch normal.
Ich habe mich gesucht und gefunden.
Ich werde lernen, ich zu sein ohne Schein.
Ich werde das Hier und Jetzt leben, egal, wie verdammt weh es tut.
Ich will ich sein, ganz in echt, wenn ich Laurin begegne.

Ich stehe auf. Gehe los. Ob ich Angst habe? Und wie! Und trotzdem gehe ich leicht. Bleibe auf der Brücke stehen und spucke runter. Renne los.

Ich komme nicht weit. Weil von der anderen Seite her Laurin kommt. Ich gehe ihm entgegen. Wir bleiben beide gleichzeitig stehen. Schauen uns an.

»Hab gehört, du sitzt schon eine ganze Weile auf der Bank beim Fluss«, sagt er.

»Ja.« Ich räuspere mir eine Kröte aus dem Hals. »Ich … Ich habe auf jemanden gewartet.«

»Und, ist er gekommen?«

»Sag du es mir.«

»Ich bin hier.«

»Die Bank ist dort.«

Er zeigt auf die Brücke. »Eine gute Freundin hat mir erzählt, dass man erst runterspucken und sich was wünschen muss, bevor man sich hinsetzt.«

Ich nicke. Kann kein Wort sagen. Habe mein Herz überall.

Wir stellen uns ans Geländer und spucken gleichzeitig.

Sehen uns an.

In mir explodiert ein Feuerwerk.

Und plötzlich macht mir nichts mehr Angst.

Mein Happy End – Für Jelscha

(kein Song, weil ich immer noch nicht singen kann)

Juli

Ich liebe Laurin. Und er liebt mich. Aber das hast du ja gewusst, Jelscha, nicht wahr?

September

Mir wachsen Flügel.
Laurin ist hiergeblieben.
Wir machen beide ein Praktikumsjahr bei Harry. Laurin in Vollzeit, ich in Teilzeit. Harry braucht eine Menge Leute, die ihm helfen, seine Vision von Ronda umzusetzen. Kohle hat er ja genug, also Annen hat davon genug. Er ist begeistert von Harrys neuen Ideen, und wir konnten ihn nur knapp

davon abhalten, eine Pressekonferenz in London zu geben. Lina leitet den Umbau und die Renovierung des Cave, von dem sie sagt, dass es immer noch Jonny gehört. Sie hofft, dass er zurückkommt, wenn das Cave fertig ist. Denn: Was ist ein Cave ohne Jonny?

Ich helfe Mumma und Bab beim Ausbau der Alpenrose. Harry, Laurin und ich haben Ideen zusammengetragen und Harry hat sie für uns gezeichnet. Conradin gibt Mumma einen Kredit. Und stell dir vor, sogar Ladina will helfen. Sie studiert ja Design und findet, beim Umbau der Alpenrose könne sie gleich Praxiserfahrung sammeln.

Laurin und ich haben für Sepp ein Buch gebastelt. So eins wie du für

mich. Du hast bestimmt nichts dagegen, dass wir deinen Mittelstreifenblues auch reingeschrieben haben.
Ach ja, und ich habe Harry deinen Entschuldigungssong vorgelesen. Er meinte, so was Schönes habe noch nie jemand über ihn geschrieben.

Das mit Mumma und mir kommt gut.
Sie meint, ich habe meinen Platz im Leben gefunden, ob der nun hier sei oder nach dem Zwischenjahr woanders.
Auch Bab hat seinen Platz gefunden.
Er ist immer noch bei Mumma, aber ganz anders als vorher. Besser.
Glücklicher.

Danke für das Fotoalbum, das du mir vererbt hast. Ich bin wahrscheinlich der Einzige, der etwas vererbt bekommt, bevor die Person, von der er es erhält, tot ist. Ganz ehrlich, ich bin froh, dass du noch lebst.

Oktober

Heute ist dein Brief mit dem Foto angekommen. Etwas zerknittert. Man sieht trotzdem, wie ähnlich ihr euch seid, du und deine Mutter.
Es ist gut, dass du jetzt die Antwort kennst. Auch wenn sie nicht einfach ist.

Elia

Grüsse von Laurin
Er sagt, er hätte dich gerne länger gekannt.
Aber das bekommen wir ganz bestimmt noch hin. Weil, ehrlich, du kannst gar nicht für immer gehen.

PS: Harry Youngblood versteht nicht nur eine Menge von Musik, er spielt jetzt auch E-Gitarre. Und Lina singt dazu. Sag Jonny bitte, dass die beiden jeden Tag besser werden, aber ohne ihn einfach keine richtige Band sind.

Nicht mogeln, Elia 😉

Einen Sommer später

Ich schaue ein letztes Mal von der Bank zur Jungfrau Maria. Sie lächelt. Und ich bin sicher, dass sie mir zublinzelt.

»Wir gehen jetzt«, sage ich.

Jelscha lehnt sich entspannt zurück. »Bitte keine Umarmungen und kein Drama. Und pass auf, wenn du über den Mittelstreifen fährst. Hat neuerdings ziemlich viel Verkehr.«

Egal. Ich habe mir geschworen, Ronda über den Mittelstreifen zu verlassen, und genau das werde ich tun. Mit meinem Mofa, so, wie ich es mir immer vorgestellt habe. Damit kann ich locker allen ausweichen, die mir entgegenkommen.

Laurin greift nach meiner Hand. »Hast du nicht was vergessen?«

Natürlich habe ich das Buch nicht vergessen. Es ist fast so schön wie das von Jelscha. Ich öffne meine Tasche und ziehe es heraus.

Für Jelscha steht darauf. Mitten in einer Collage der schönsten Fotos, die ich im vergangenen Jahr gemacht habe.

»Ich kann ja weder Songs noch Gedichte, aber Laurin zum Glück schon«, sage ich. »Die Fotos sind von mir.«

Jelscha streicht mit der Hand über den Umschlag. »So schön. Danke.«

»Ist alles drin, was du im vergangenen Jahr verpasst hast.«

Laurin nickt. »Samt Bildern von Peiders jungen Ziegen. Mit Namen.«

Jelschas Augen füllen sich mit Tränen.

»Hey, kein Drama«, sagt Laurin und klingt dabei, als habe er gerade eine Riesenportion Tränen runtergeschluckt. »Deine Worte.«

»Kommst du uns besuchen?«, frage ich.

»Darauf könnt ihr wetten.«

Wir stehen auf. Heben unsere Arme zu einem Winken, ohne uns umzudrehen. Als wäre alles normal, als sähen wir uns spätestens morgen wieder.

Auf der Brücke bleiben wir stehen.

»Wartet!«, ruft Jelscha.

Keine zwei Sekunden später drängt sie sich zwischen uns. Eng umschlungen stehen wir da. Beugen uns übers Geländer und spucken gleichzeitig.

Jelscha bleibt, Laurin und ich laufen über die Brücke ins Dorf, das immer noch Ronda ist und doch ganz anders. Voller Leben. Fünf Familien mit Kindern sind in den vergangenen Monaten ins Dorf gezogen. In den Ateliers im Talgrund wohnen Künstler auf Zeit. Sie zeichnen, malen, schreiben, singen, tanzen, spielen auf ihren Instrumenten. Bilden im Stall Skulpturen aus allen möglichen Materialen für einen geplanten Skulpturenweg zu Peiders Alp hinauf.

Aus Harrys riesigem Büro im Chalet ist ein Großraumbüro geworden, in dem sich alle möglichen Leute zum Arbeiten treffen und ihre Ideen austauschen. Laurin und ich waren ein Teil davon. Dort, wo der alte Wohnblock stand, entsteht das Generationenhaus. Noch ist es ein Rohbau, doch die meisten Wohnungen sind schon reserviert. Mitten drin im neuen Dorfteil liegt der alte *Löwen*, wunderschön restauriert. Wahrscheinlich bin ich etwas voreingenommen, aber das *Cave* ist die schönste und coolste Musik-Bar in den Alpen. Und Jonny der glücklichste Barbesitzer weit und breit. Er sagt, seine Auszeit sei das Zweitbeste gewesen, das er seit langem gemacht habe, aber das Beste sei und bleibe das *Cave*. Bei der Einweihung hat die Hausband gespielt. Jonny, Harry und Jelscha, verstärkt durch ungeheuer berühmte Musiker. An der Theke standen Lina und Vince. Ihr Gesicht leuchtete, als hätte jemand am späten Abend die Sonne extra für sie angeknipst. Vince sah blass aus und wenn er Jelscha anschaute, lag tiefes Bedauern in seinen Augen.

»Ich glaube, es tut ihm leid«, sagte ich zu Jelscha.

»Hätte er sich vorher überlegen müssen«, meinte sie und zuckte mit den Schultern.

Jonny ist schon vor Wochen nach Ronda zurückgekommen, Jelscha erst kurz vor dem Konzert. Sie reiste herum, war mal hier, mal da und versuchte, mit *der Sache klarzukommen*. Damit meinte sie die Antworten ihrer Mutter auf ihre Fragen. Mir hat sie die Geschichte so erzählt: Ihre Mutter war nach einem wilden Konzertwochenende schwanger, als Väter kamen zwei Typen in Frage, beide lustig und okay, aber von keinem der beiden kannte sie den Nachnamen oder eine Adresse. Sie hatte kein Kind geplant und auch keines gewollt, aber das mit der Abtreibung schaffte sie auch nicht. Nicht wegen Cla, sondern weil sie es nicht über sich brachte. Sie überlegte sich, nach der Geburt mit dem Kind wegzugehen, denn sie hoffte, dass Cla recht hatte und sie ihr Kind schon lieben werde, wenn es erst einmal da war. Doch dann war es da, dieses seltsame Wesen, das so sehr von ihr abhing, und sie fühlte keine Liebe. Genauso, wie Theodora es Jelscha erklärt hatte. Also ging Andrina. Brach alle Brücken ab. Schaute nie zurück. Redete sich ein, dass Jelscha ohne sie besser dran war. Trotz gegenüber Cla, Scham und Schuldgefühle hielten sie davon ab, wieder Kontakt aufzunehmen. Sogar mit Jonny.

»Er hätte ein Leben als Rockstar führen können«, sagte Andrina. »Aber im Gegensatz zu mir hat er Verantwortung übernommen.«

»Und der Zettel mit der Adresse?«, fragte ich.

»Hat sie Mengia geschickt, als es ihr sehr schlecht ging. Mit der Bitte um Geld. Mengia hat nie geantwortet, und ich glaube, sie hat auch niemandem davon erzählt.«

Über all das konnten Andrina und Jelscha reden, und doch fand es Jelscha schwierig, ihrer Mutter zu verzeihen. »Aber ich habe den Platz in mir gefunden, an dem ich das Vergangene ruhen lassen kann, ohne dass es mich quält.«

Erst einmal will Jelscha hierbleiben. Den Sommer mit Peider auf der Alp verbringen und ab und zu bei Miguel ein Motorrad reparieren. Mit den Leuten aus den Künstlerateliers abhängen und in Jonnys neuem *Cave* aushelfen. Klingt nach einem guten Plan, finde ich.

Ronda hat Schlagzeilen gemacht. Als Zukunftsvision und Vorzeigeprojekt. Die Pressekonferenz fand im neu eröffneten Skaterpark statt. Totenhügel-Toni brachte für einmal keinen seiner Sprüche, sondern ging nach vorn, drückte Annen feierlich die Hand, entschuldigte für die

Sache mit dem Skaterpark und verhedderte sich anschließend in einer ziemlich wirren Dankesrede. Turi verzichtete danach auf seine vorbereitete Ansprache, meinte, er könne Tonis Rede sowieso nicht toppen und erklärte das Bauernbuffet für eröffnet.

Mumma und Bab stehen schon unter der Tür, als Laurin und ich bei der Alpenrose ankommen.

»Dann ist es wohl jetzt so weit«, sagt Mumma.

»Ja.«

Sie breitet ihre Arme aus und hält mich fest. »Das war das beste Jahr in meinem ganzen Leben», flüstert sie mir ins Ohr.

»Meins auch«, antworte ich.

Und dann heule ich doch noch.

Ich umarme Bab. Bab und Mumma umarmen Laurin. Wir müssen versprechen, dass wir uns sofort melden, wenn wir in London sind. Und dass wir gut auf uns aufpassen. Und ... ach, das ganze Programm halt, das man seinen Eltern versprechen muss, wenn man für eine ziemliche lange Zeit wegfährt. Aber ich gehe ja nicht für immer. Erst einmal lerne ich Englisch, in London bei Laurin. Danach mache ich die Aufnahmeprüfung fürs Gymnasium und dann will ich Architektur studieren. Das nötige

Geld verdiene ich mir bei Harry, der mir gesagt hat, dass es für mich immer einen Platz in seinem Büro gibt.

Auf dem Vorplatz der *Alpenrose* steht mein Mofa. Bab hat es extra für diesen Anlass poliert. Er wird mit Laurin und dem Gepäck zum Bahnhof vorausfahren und hinterher das Mofa in seinem Lieferwagen wieder nach Hause bringen.

Ich steige auf. Ziehe mir den Helm über. Starte den Motor. Breite meine Flügel aus. Ich bin bereit für den Mittelstreifen.